培养

"读·品·悟"
小学生成长必读系列（第二辑）

小学生财商的
100个故事

总 主 编◎高长梅

本册主编◎柯柄嘉

九 州 出 版 社
JIUZHOUPRESS 全国百佳图书出版单位

图书在版编目（CIP）数据

培养小学生财商的 100 个故事/柯柄嘉主编. −北京：九州

出版社, 2008.11 (2021.7 重印)

（"读·品·悟"小学生成长必读系列. 第 2 辑）

ISBN 978-7-80195-938-6

Ⅰ. 培...　Ⅱ. 柯...　Ⅲ. 故事—作品集—世界　Ⅳ. I14

中国版本图书馆 CIP 数据核字（2008）第 187603 号

培养小学生财商的 100 个故事

作　　者	高长梅 总主编　柯柄嘉 本册主编
出版发行	九州出版社
地　　址	北京市西城区阜外大街甲 35 号（100037）
发行电话	(010)68992190/2/3/5/6
网　　址	www.jiuzhoupress.com
电子信箱	jiuzhou@jiuzhoupress.com
印　　刷	北京一鑫印务有限责任公司
开　　本	720 毫米 × 980 毫米　16 开
印　　张	10
字　　数	112 千字
版　　次	2009 年 1 月第 1 版
印　　次	2021 年 7 月第 3 次印刷
书　　号	ISBN 978-7-80195-938-6
定　　价	29.80 元

目录 Lu Mu

第1辑 财商要从小开始培养

5岁时知道钱是怎么来的；6岁时能够找零；7岁时能够看懂价格标签；8岁时学会把钱存到储蓄账户里；9岁时购物知道比较价格；10岁时懂得每周节省一点儿钱，以备有大笔开销时使用；11岁时知道从电视广告中发现有关花钱的事实；12岁时能够制订并执行两周的开支计划……

美国人在对孩子进行教育的问题上有一个共同的认识：在孩子IQ（智商）、FQ（财商）、EQ（情商）的教育培养中，FQ（财商）的教育培养最重要。要想成才，就一定要从小时候开始培养财商。

第2辑 学会做一个真正爱钱的孩子

严格说来，所有的小孩子里，没有一个人有钱。也少有哪一个小孩知道，自己到底算有钱还是没钱。每一个只顾着吃喝玩乐的小孩子，他们都是快乐的，但是他们未必真正爱钱、懂钱。如果哪个小孩子说：我还不会赚钱怎么办？我的答案是：认识钱才能赚钱。

真正爱钱、认识钱的孩子,懂得珍惜所有、乐意与人分享、积极分摊群体劳动、体会共同喜悦……他们少埋怨、多平衡、易开心、常喜乐。真正爱钱的孩子,不会变坏。

第3辑

让头脑中装满理财智慧

富翁到银行以50万美元做抵押,要求贷款1美元。银行行长大感不解地问这位富豪:"您拥有50万美元的家当,为什么还要借1美元呢?"富翁答道:"我到这里来办事,需要一段时间,随身携带这些有价票据很不安全。我曾到过几家金库,想租他们的保险箱,但租金都很昂贵。我相信这些票据以担保的形式寄存在贵行肯定很安全。况且只要一年支付6美分利息……"

有头脑又有金钱的人是幸运的,他们能用头脑支配金钱;而只有金钱没有头脑的人则是不幸的,因为他们的头脑被金钱所支配。

第 **4** 辑

财商最青睐的好习惯

富兰克林被誉为美国的"建国之父"之一,是一位杰出的成功人士。他从小养成的做事认真、勇于负责的习惯,为他的成功打开了大门。个性决定理念,理念决定习惯,而习惯则决定成败。

高财商的人不仅要有良好的消费习惯、理财习惯,一些平日里的生活习惯、工作习惯乃至思考的习惯,也往往决定着财富的走向。是让财富走向我们,还是离开我们,要看我们的习惯。

第 **5** 辑

从小就像富人一样思考

一位头顶博士帽、领取高薪却花钱如流水的父亲,终其一生,疲于奔命,仅为儿孙留下大堆的债务;另一位学历不高但擅长理财的父亲，敢做金钱的主人，最终实现了财务自由，生活温馨又从容。"穷爸爸"和"富爸爸"的故事告诉我们，不同的思考方式，决定了富裕的程度。

富人的优势在于，他的思考方式能够创造财富、保存财富。从现在开始改变自己的观念，让我们从小就养成像富人那样思考的好习惯。

第**6**辑

高财商的人容易成功

你想成为未来的 CEO 吗？你会是个"小小巴菲特"吗？你对自己的财商有信心吗？

财商能赋予我们最大的资产——头脑——去创造财富，积累财富，驾驭财富；让我们掌握赚钱、花钱、存钱，与人分享钱财的学问，成为财富的主人；更能让我们在今后的财富人生中，白手起家、聚沙成塔、点石成金。

懒散会使人变成时令的陌生人，
游离于生命的队伍之外；
那队伍正带着威严豪迈走向永恒。
　　　　　　　——[黎巴嫩]纪伯伦

财商要从小开始培养

5 岁时知道钱是怎么来的；

6 岁时能够找零，7 岁时能够看懂价格标签；

8 岁时学会把钱存到储蓄账户里；

9 岁时购物知道比较价格；

10 岁时懂得每周节省一点儿钱，以备有大笔开销时使用；

11 岁时知道从电视广告中发现有关花钱的事实；

12 岁时能够制订并执行两周的开支计划……

美国人在对孩子进行教育的问题上有一个共同的认识：

在孩子 IQ（智商）、FQ（财商）、EQ（情商）的教育培养中，

FQ（财商）的教育培养最重要。

要想成才，就一定要从小时候开始培养财商。

财商比智商更重要

在诸多成功中，赚钱最能培养人的成就感和自信心，所以必须从小教孩子理财，培养他们的财商。

不久前，美国教育基金会会长夏保罗先生来大连，这位为世界各国培养出 1000 多名 CEO 的教育家说，美国许多家长在如何对孩子进行教育的问题上有一个共同的认识：在孩子 IQ（智商）、FQ（财商）、EQ（情商）的教育培养中，FQ（财商）的教育培养最重要，要想子女成才，就一定要从他们小的时候开始进行理财教育。

在美国，家庭培养孩子对钱的认识和理财能力都比较早，社会对孩子财商的基本要求是：3 岁时能够辨认硬币和纸币；4 岁时认识到我们无法把商品买光，必须在购买时作出选择；5 岁时知道钱币的等价物，例如，25 美分可以打一次投币电话等，知道钱是怎么来的；6 岁时能够找零；7 岁时能够看懂价格标签；8 岁时知道自己可以通过做额外工作赚钱，学会把钱存到储蓄账户里；9 岁时能够简单制订一周的开销计划，购物时知道比较价格；10 岁时懂得每周节省一点儿钱，以备有大笔开销时使用；11 岁时知道从电视广告中发现有关花钱的事实；12 岁时能够制订并执行两周的开支计划，懂得正确使用银行业务中的术语。

夏保罗认为:一个人进入社会后,综合素质是最重要的。综合素质虽然包括很多内容,但首先表现为自信心,因此提高孩子的综合素质,关键在于帮他建立自信心。他说:"美国人有一个共识:在诸多成功中,赚钱最能培养人的成就感和自信心,所以必须从小教孩子理财,培养他们的财商。"

❋ 沈黎明

❀财商小语❀

智商决定着我们是否聪明,而财商决定着我们的理财能力。要想获得成功,自信心是最重要的,而一定的赚钱能力往往能培养我们的这种自信心。提高财商,学会理财,能让我们在未来的生活中更自信,也更具竞争力。

(陶 然)

日本麦当劳传奇

> 6年来,他真正做到了风雨无阻地准时来我这里存钱。

有统计资料表明,现在日本有1.35万间麦当劳店,一年的营业总额突破40亿美元大关。拥有这两个数据的主人是一个叫藤田田的日本老人,日本麦当劳社名誉社长。

　　藤田田 1965 年毕业于日本早稻田大学经济学系，毕业之后随即在一家大电器公司打工。1971 年，他开始创立自己的事业，经营麦当劳生意。麦当劳是闻名全球的连锁速食公司，采用的是特许连锁经营机制，而要取得特许经营资格是需要具备相当财力和特殊资格的。

　　而藤田田当时只是一个才出校门几年、毫无家族资本支持的打工一族，根本就无法具备麦当劳总部所要求的 75 万美元现款和一家中等规模以上银行信用支持的苛刻条件。只有不到 5 万美元存款的藤田田，看准了美国连锁速食文化在日本的巨大发展潜力，决意要不惜一切代价在日本创立麦当劳事业，于是绞尽脑汁东挪西借起来。

　　事与愿违，5 个月下来，只借到 4 万美元。面对巨大的资金落差，要是一般人，也许早就心灰意懒，前功尽弃了。然而，藤田田却偏有对困难说不的勇气和锐气，偏要迎难而上，遂其所愿。

　　于是，在一个风和日丽的春天的早晨，他西装革履满怀信心地跨进住友银行总裁办公室的大门。藤田田以极其诚恳的态度，向对方表明了他的创业计划和求助心愿。

　　在耐心细致地听完他的表述之后，银行总裁作出了"你先回去吧，让我再考虑考虑"的决定。

　　藤田田听后，心里即刻掠过一丝失望，但马上镇定下来，恳切地对总裁说了一句："先生可否让我告诉你我那 5 万美元存款的来历呢？"回答是"可以"。

　　"那是我 6 年来按月存款的收获，"藤田田说道，"6 年里，我每月坚持存下 1/3 的工资奖金，雷打不动，从未间断。6 年里，无数次面对过度紧张或手痒难耐的尴尬局面，我都咬紧牙关，克制欲望，硬挺了过来。有时候，碰到意外情况需要额外用钱，我也照存不误，甚至不惜厚着脸皮四处告贷，以增加存款。我必须这样做，因为在跨出大学门槛的那一天我就立下宏愿，要以 10 年为期，存够 10 万美元，然后自创事业，出人头地。现在机会来了，我一定要提早开创事业……"

藤田田一气儿讲了 10 分钟，总裁越听神情越严肃，并向藤田田问明了他存钱的那家银行的地址，然后对藤田田说："好吧，年轻人，我下午就会给你答复。"

送走藤田田后，总裁立即驱车前往那家银行，亲自了解藤田田存钱的情况。柜台小姐了解总裁来意后，说了这样几句话："哦，是问藤田田先生呀。他可是我接触过的最有毅力、最有礼貌的一个年轻人。6 年来，他真正做到了风雨无阻地准时来我这里存钱。老实说，这么严谨的人，我真是要佩服得五体投地了！"

听完小姐介绍后，总裁大为动容，立即打通了藤田田家里的电话，告诉他住友银行可以毫无条件地支持他创建麦当劳事业。藤田田追问了一句："请问，您为什么要决定支持我呢？"

总裁在电话那头感慨万分地说道："我今年已经 58 岁了，再有两年就要退休，论年龄，我是你的两倍，论收入，我是你的 30 倍，可是，直到今天，我的存款却还没有你多……我可是大手大脚惯了。光说这一句，我就自愧不如，敬佩有加了。我敢保证，你会很有出息的。年轻人，好好干吧！"

❋ 马　涛

🌸财商小语🌸

　　积沙成塔，水滴石穿。许下一个宏愿容易，年复一年毫不松懈地朝那个愿望努力，数年如一日去积累、去追求却是极其不易的。正所谓"机会永远留给有准备的人"，我们能坚持自己的信念，一天一天地去接近目标，这种坚持是让人敬佩的，也是我们实现自己愿望的唯一途径。

（黄　磊）

一　元　钱

这次无关税贸易，使他作为商业奇才上了香港《商业周刊》的封面。

他破产了，所有的东西都被拍卖得一干二净。现在口袋里的一元钱及回家的一张车票是他所有的资产。

从深圳开出的 143 次列车开始检票了，他百感交集。"再见了，深圳！"一句告别的话，还没有说出，就已泪流满面。

"我不能就这样走。"在跨上车门的那一瞬，他又退了回来。火车开走了，他留在了月台上，在口袋里悄悄地撕碎了那张车票。

深圳的车站是这样繁忙，你的耳朵里可以同时听到七八种不同的方言。他在口袋里握着那一元硬币，来到一家商店的门口。五毛钱买了一支儿童彩笔，五毛钱买了 4 个"红塔山"的包装盒。

在火车站的出口，他举起一张牌子，上面写着"出租接站牌（一元）"几个字。当晚他吃了一碗加州牛肉面，口袋里还剩了 18 元钱。5 个月后，"接站牌"由 4 个包装盒发展为 40 个用锰钢做成的可调式"迎宾牌"。火车站附近有了他的一间房子，手下有了一个帮手。

三月的深圳，春光明媚，此时各地的草莓蜂拥而至。10 元一斤的草莓，第一天卖不掉，第二天只能卖 5 元，第三天就没人要了。他来到近郊的一个农场，用出租"迎宾牌"挣来的 1 万元，购买了 3 万只花盆，第二年春天，当别人把摘下的草莓运进城里时，他的栽着草莓的花盆也进了城。不到半个月，三万盆草莓销售一空，深圳人第一次吃上了真正新鲜的草莓。他也第一次领略了 1 万元变成 30 万元的滋味。

要吃即摘，这种花盆式草莓，使他拥有了自己的公司。他开始做贸易生意，他异想天开地把谈判地点定在五星级饭店的大厅里。那里环境幽雅且不收费。两杯咖啡，一段音乐，还有彬彬有礼的小姐，他为没人知道这个秘密而兴奋，他为和美国耐克鞋业公司成功签订贸易合同而欢欣鼓舞，总之，他的事业开始复苏了，他有一种重新找回自己的感觉。

1995 年，深圳海关拍卖一批无主货物，有 1 万只全是左脚的耐克皮鞋，无人竞标，他作为唯一的竞标人，以极低的拍卖价买下了它。1996 年，在蛇口海关已存放了一年的无主货物——1 万只全是右脚的耐克皮鞋急着处理，他得知消息，以残次旧货的价格拉出了海关。

这次无关税贸易，使他作为商业奇才上了香港《商业周刊》的封面。现在他作为欧美 13 家服饰公司的亚洲总代理，正在力主把深圳的一条街变成步行街，因为在这条街有他的 12 个店铺。

✹ 刘燕敏

🌸 财商小语 🌸

其实世界上没有绝路，每一次转句，都可能成为一次新的机遇。把视野扩大到别人看不到的角落，另辟蹊径，也许财富就在那个角落等着我们。

（黄 磊）

最好的投资

这个笔记本是我小时候以 0.5 美元买的,现在已成为我最珍贵的财富了。

2006 年《福布斯》杂志全球富豪排行榜显示,沃伦·巴菲特的个人资产为 420 亿美元,稳坐全球富人的第二把交椅,被人称为华尔街股神。

最近,英国《泰晤士报》的一位记者采访他:"在您至今所进行的投资中,哪一次的收益最高?"沃伦·巴菲特想了想,从办公桌抽屉里拿出一个发黄的笔记本,笑呵呵地说:"就是这个。"记者不信,说:"您在开玩笑吧?"这时,他严肃起来:"不,先生,这是真的。这个笔记本是我小时候以 0.5 美元买的,现在已成为我最珍贵的财富了。"记者带着疑问打开笔记本,想看看里面到底有什么宝贝,才发现上面记录了他突然闪现的投资想法以及一些生活和投资经历,后面附有一些评论性的感受,其中几段是这样的:

7 岁那年,我向父亲要一点零花钱,想买一本很好看的漫画书,父亲不给,让我自己想办法。于是,我只好像别的孩子那样去送报或做点别的短工(第一次拿到自己挣钱买的东西,有一种很高兴和自豪的感觉)。

11 岁时,当许多同龄孩子读报上的体育新闻或玩球时,我以 38 美元的价格购买了城市服务公司的股票,没多久股票跌至 27 美元,我坚持不卖,最终以 38 美元的赢利脱手(要学会自己做决定,要有自信和耐心)。

12 岁时,再次购买股票,价格一路暴跌,最后,很久在低价上徘徊,遭受挫折(不要轻易涉足自己不熟悉的地方,不然很容易因为光线昏暗而跌倒;明亮的道路也不要随便去,那里太挤了)。

14 岁时,我已经打了好几份送报的零工,并把它当做一项业务来经营。我每天送 500 份报纸,我把送报的线路安排得极为合理。我还利用送报的机会向客户推销杂志,最大限度地增加收入(有时候,仅靠努力还不够,还必须用点智慧,有一个积极的心态)。

15 岁时,我与伙伴联手在理发店安装了一个弹球机,这项业务每月挣 50 美元。

17 岁时,我以 1200 美元卖了弹球机。随后,我又和人合作买了一辆劳斯莱斯,并以每天 35 美元的价格出租(开始创业时,一个人的力量是弱小的,我们需要一个伙伴)。

从开始上学我就养成了一个习惯,每天放学后,我都要阅读股票指数和图表以及《华尔街日报》。读大学后,我阅读了能够接触到的各种投资和商业类书籍,并把学到的知识应用到实际中,尝试各种投资方法,力图找到一套框架体系。犯了很多错误,也吸取了许多经验教训(要想做好一件事,必须了解学习它,实践它。虽然遭受了不少失败,但是总算掌握了一些规律)。

"这真是一笔无穷的财富啊!"记者由衷地赞叹道。

沃伦·巴菲特稍稍一顿,接着说:"这笔财富已经创造的物质财富以及它本身都在随时间而不断地增值,因此,可以说,它是我最成功的一次投资了。"

❀ 张建伟

创造财富的经验和任何一种知识一样，需要长期积累的过程。生活点滴的积累是成功最好的老师。从小就要用心去领悟生活中每一件小事，从每件事情中获得一点心得，日积月累，便成了一笔巨大的财富。

(黄 磊)

溜溜球原理

我一共赚了20美元，以一个10岁小孩而言，那不是一笔小数目。

华裔股市神童司徒炎恩是让美国华尔街震惊的一位人物，他在10岁就开始阅读《华尔街日报》、《福布斯》等报刊，阅读亚当·斯密、凯恩斯、萨缪尔森等人的经济学著作。学习之余，还开始研究股市并开始买卖股票，16岁时开始管理一个私人投资基金，连年获得30％以上的回报率，《华尔街日报》曾在头版位置报道他的事迹，称他"足以让华尔街老资格投资专家羞愧"。

司徒炎恩的"投机"天才是在10岁时开始展现的。下面是他的叙述：

我在 10 岁时，做了有生以来第一笔投机生意，我的做法比常见的摆柠檬汁摊位还略胜一筹。

当时，我在的学校非常流行玩溜溜球。很多小孩都比较喜欢要邓肯牌溜溜球，而我们学校及居住区旁的商店里却无货。于是我做了一番调查，发现离我家数里以外的一家店内存有很多存货。

我看准了以后，准备大捞一把。我先让想要货的人向我订购，并预付订金，含运输费。每个星期，我把同学们的订单交给母亲，让她开车到那家店里去提货。

那是一笔十分成功的生意。没人知道我到哪里弄这些球，即使有人知道，也没有任何一位小学生有办法大老远去那里，除非他求妈妈带他去。因此，综合各种因素，还是向我订购合算。

我一共赚了 20 美元，以一个 10 岁小孩而言，那不是一笔小数目。同时我从中学习到远比这笔收入更有价值的东西。我领略到供需的原理，同时我也熟悉了投资股票所需要的技巧。

🌹财商小语🌹

生活中商机无处不在，发现商机需要一双睿智的眼睛。做一个有心人，用我们的智慧去抓住一个个机遇，财富会离我们更近。从小了解一些投资和理财的知识，让我们也从小小的成功开始累积美好的人生吧。

（黄 磊）

推销神童

汤米是如此帅气、风趣且率真，他是一个不平凡的自我激励者。

在一次会议上，有一个小孩向我走来。他和我握手，然后说道："我是汤米，今年6岁，我想向你的儿童银行借钱。"

我答道："汤米，你要用这笔钱来做什么呢？"

汤米说："我从4岁起，就认为自己能促进世界和平。我要设计一种贴在车后的贴纸，上面写着'请为了孩子维护世界和平'，然后是我的签名'汤米'。"

我说："我的儿童银行可以支持这个构想。"我为他开了一张454美元的支票给制贴纸的厂商，供汤米制造1000张贴纸。

汤米的父亲在我旁边耳语："如果他没有偿清贷款，你会没收他的脚踏车吗？"

我说："不会的，我不会那样做，每个孩子生下来都是诚实的，有道德感且做事有原则。我相信他会把钱还给我。"

我们给了汤米一套"推销致富"的录音带，他每盘都听了21次，并把所有的内容都铭记在心。录音带里有这样一句话："一定要先向顶尖人物推销。"汤米便说服他父亲带他去里根的住所,汤米按了门铃,守门人出来了,汤米用了两分钟时间,把他的贴纸介绍得令人难以拒绝,守门人把手伸入口袋,掏出1.5美元给汤米,说:"拿去,我要买一张,等一下,我去把前任总统找来。"

汤米还寄了一张贴纸给戈尔巴乔夫,并在信中附了一张1.5美元的账单。戈尔巴乔夫寄给汤米1.5美元及一张他的照片,上面写着"汤米,为和平勇往直前",并签上了"哈伊尔·戈尔巴乔夫"。

我告诉汤米:"汤米,我拥有好几家公司,你长大后,我要雇你为我工作。"他回答说:"开什么玩笑!我长大后,要雇你为我工作。"

汤米为自己定下了目标:用电话询问价钱(替俱乐部捡拾棒球的报酬);印制贴纸;贷款计划;想出与人打交道的方法;拿到大人物的住址,写信给他们,并附赠一张贴纸;和每个人谈论和平;致电每个书报摊以介绍自己的产品;和学校洽谈。

美国著名电视主持人琼恩·睿勃斯打电话给汤米,想邀请汤米上她主持的拥有百万观众的电视节目。

汤米说:"太棒了!"而实际上,他压根儿不知道琼恩·睿勃斯是何方神圣。

琼恩说:"我会付给你300美元。"

因为反复聆听"推销致富"的录音带,汤米已深知个中诀窍,他继续向琼恩推销并说道:"琼恩,我只有8岁,我不可能一个人去上你的节目,你可以顺便提供我妈妈的旅费,对不对?"

琼恩回答道:"没问题。"

汤米又说:"还有,我刚看了一个名为《富豪名士生活剪影》的节目,提到在纽约时要住川普大饭店,琼恩,你会帮我们

安排一切。不是吗？"

琼恩回答："当然。"

"那个节目也提到，在纽约时要去一睹帝国大厦及自由女神像，你可以帮我们弄到入场券，是不是？"

"是的。"

"太好了！我有没有跟你说，我妈妈不会开车？我们可以坐你的豪华轿车，对不对？"

琼恩说："当然没问题。"

汤米上了琼恩·睿勒斯的节目，主持人、录音的工作人员、现场及电视机前的观众都被他的表现折服。汤米是如此帅气、风趣且率真，他是一个不平凡的自我激励者。他所说的故事，非常吸引人且具有说服力，以至于观众当场就从皮包里拿出钱来购买贴纸。

至今，汤米已经售出 2500 多张贴纸，也已经还清了他向"马克·汉森儿童免息贷款银行"所贷的 454 美元。

❋ ［美］马克·汉森

❀财商小语❀

追求财富并不是大人们的专利，小汤米因他的自信与坚持向我们展示了从小开始培养自己财商的重要性。现在的我们虽然还不需要自己来积累财富，但拥有财商会为我们未来的成功奠定基础。

（黄　磊）

加油站学到的工作作风

孩子，这是你的二作！不管顾客说什么或做什么，你都要记住做好你的工作，并以应有的礼貌去对待顾客。

13岁时，我开始在父母的加油站工作，站里有三个加油泵、两条修车地沟和一间打蜡房。父亲负责修车，母亲负责记账和收钱。我想学修车，但父亲让我在前台接待顾客，他说："儿子，汽车总在变化，而人却不会，你需要先学会了解人。"

当汽车开进来时，我在车子停稳前就站在司机门前，忙着去检查油量、蓄电池、传动带、胶皮管和水箱。我总是多干一些，帮助擦去车身、挡风玻璃和车灯上的污渍。我注意到，如果我干得好，顾客还会再来。

每周都有一位老太太开着她的车来清洗和打蜡，该车内的地板凹陷极深，因而很难打扫。车的主人又极难打交道，每次当我们给她把车准备好时，她都要再仔细检查一遍，让我们重新打扫，直到清除每一缕棉绒和灰尘她才满意。我实在不愿意再侍候她了，但父亲告诫我："孩子，这是你的工作！不管顾客说什么或做什么，你都要记住做好你的工作，并以应有的礼貌去对待顾客。"

我每天放学后就开始为父母工作，星期六和暑假则从早

上 6 点 15 分一直干到晚上 7 点。开始,父母一小时付我 50 美分,3 年后给我涨到 1.1 美元。在父母的帮助下,我还学会了如何安排自己的收入。我将收入的 10% 放在一个钱罐里,礼拜日捐给教堂,通过它我认识到了慈善的重要性;20% 同父母的 20% 放在一起作为膳宿费,但后来我发现这是父母为我准备的教育费;另外 20% 是我自己的储蓄;剩下的 50% 则由我自己支配,购买我想要的东西。

正是在加油站的工作,不仅使我学到了严格的职业道德和应该如何对待顾客,而且认识到了家庭小企业所面临的挑战:我的父母既是老板、经理,又必须是服务员。

❋ [美]杰克·法里斯

🌹财商小语🌹

财商的培养过程中,需要我们和他人的交往互动,取得财富后需要我们学会合理的安排。这些都需要我们不断地学习。

（黄　磊）

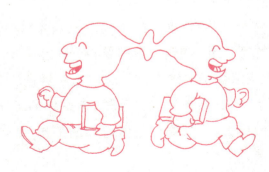

硬币储存财商

买东西时特意讨价还价;不买东西时,把钱都储存起来。

我家闺女今年刚满 9 岁。小小年纪,很会理财,她知道把钱留着慢慢享用。一个存钱罐被她装得满满的,整天摇着"哗哗"响,好不自豪!

其实,早在女儿 3 岁的时候,我就有意识地培养她独立理财的能力。就拿买零食来说吧,她找我要零食吃,我说可以,不过前提条件是要她自己去买。刚开始她不愿意去,我也坚决不帮她买,她忍了两次,最终敌不过糖果的"诱惑",找我要钱亲自下楼去买了。一买回来,她非常兴奋,我趁机赞扬她说:"小小长大了,能自己独立买东西了。"她听了也很高兴,后来吃的东西她全包了——当然指"跑路"。渐渐地,家里日常需要的一些小东西她也愿意"效劳"。再后来,她 7 岁了,我就奖赏性的在零食费里多加跑路费给她,但不是直接给,而是宣布说她拿的钱买完东西后剩余的可自己留着自由支配。这下,她高兴得蹦起来。再去买东西时,她都会主动跟老板"讨价还价",有时价格还得可以的话她一次可私留 4~6 元钱。不过问题也跟着出来了。因为我给她的是纸币,她好不容易"磨嘴皮"留下的钱被她不知不觉地一天拿一点没几天就全花完了。我觉得这不是办法,没有达到我预期的目的。于是,我又想了另一个办

法:给孩子硬币。效果果真很好,女儿的存钱罐又一天天饱满起来,而且已经连续保存了两个多月。我问女儿为啥不花钱,她说:"满满的,摇起来很响,很好听!"我想,女儿只是说到了我想法的一个方面,其实还有别的好处她不知道:

一、硬币一枚一枚积攒起来,沉甸甸的,很有分量,很容易让人心里产生满足感。

孩子们年龄小,他们往往不会计较钱面值的大小,反而会在意钱数量的多少,把纸币兑换成同等价值的硬币,会很容易满足孩子的心理。

二、多数量的硬币储存可带动孩子听话的自觉性。一次给孩子5元以上的钱,兑换成硬币有一叠,给孩子支配,孩子觉得有自主权,心里会很高兴的,而且在其他方面也愿意听父母的话。

三、储存硬币,会让孩子主动学理财。硬币数量在减少时,是很容易感觉得到的,孩子心里会有种失落感。因此,孩子在支出时会有种舍不得的感觉,无形当中孩子会有意识地减少对货币的支出,通常他们有两个办法来解决:1.买东西时特意讨价还价;2.不买东西时,把钱都储存起来。

也许,小小的硬币还远不止如上那些好处。但无论多少,我想孩子们应该会喜欢这种存钱理财的小方法,你不妨也试试看!

❋ 蕖 茛

🌹财商小语🌹

每个人都可以创造财富,做财富的主人。我们只要靠自己的劳动去换取财富,把一枚枚硬币存入你的存钱罐,就能享受掌控财富的乐趣。不要小看自己的能力哦,小小的我们也可以有不菲的收获。

(黄 磊)

聪明的商人

我们只能这样做，孩子，再没有其他的办法可以救我们的命！

从前，有位商人和他长大成人的儿子一起出海远行。他们随身带上了满满一箱子珠宝，准备在旅途中卖掉，但是没有向任何人透露过这一秘密。一天，商人偶然听到了水手们在交头接耳。原来，他们已经发现了他的珠宝，并且正在策划着谋害他们父子俩，以掠夺这些珠宝。

商人听了之后吓得要命，他在自己的小屋内踱来踱去，试图想出个摆脱困境的办法。儿子问他出了什么事情，父亲于是把听到的全告诉了他。

"同他们拼了！"年轻人断然说道。

"不，"父亲回答说，"他们会制伏我们的！"

"那把珠宝交给他们？"

"也不行，他们还会杀人灭口的。"

过了一会儿，商人怒气冲冲地冲上甲板，"你这个笨蛋小子！"他叫喊道，"你从来不听我的忠告！"

"老头子！"儿子叫喊着回答，"你说不出一句值得我听进去的话！"

当父子俩开始互相谩骂的时候，水手们好奇地聚集到周围。老人然后冲向他的小屋，拖出了他的珠宝箱。"忘恩负义的小子！"商人尖叫道，"我宁肯死于贫困也不会让你继承我的财富！"说完这些话，他打开了珠宝箱，水手们看到这么多的珠宝时都倒吸了口凉气。商人又冲向了栏杆，在别人阻拦他之前将他的宝物全都投入了大海。

过了一会儿，父子俩都目不转睛地注视着那只空箱子，然后两人躺倒在一起，为他们所干的事而哭泣不止。后来，当他们单独一起待在小屋时，父亲说："我们只能这样做，孩子，再没有其他的办法可以救我们的命！"

"是的，"儿子答道，"您这个法子是最好的了。"

轮船驶进了码头后，商人同他的儿子匆匆忙忙地赶到了城市的地方法官那里。他们指控了水手们的海盗行为和企图谋杀他们的罪名，法官逮捕了那些水手。法官问水手们是否看到老人把他的珠宝投入了大海，水手们的回答都一致肯定。法官于是判决他们都有罪。法官问道："什么时候一个人会弃掉他一生的积蓄而不顾呢，只有当他面临生命的危险时才会这样去做吧？"后来，水手们主动赔偿了商人的珠宝，法官因此减轻了对他们的惩罚。

🌸 财商小语 🌸

当财富危及生命时,仅仅靠交出财富就可以保全性命吗?危急关头我们需要换一种思考方式,周全考虑整个事件的发展。换一种思考方式,不因财富而失去生命,既保全了财富,更保全了我们自己。

（黄 磊）

第**2**辑

学会做一个真正爱钱的孩子

严格说来，所有的小孩子里，没有一个人有钱。

也少有哪一个小孩知道，

自己到底算有钱还是没钱。

每一个只顾着吃喝元乐的小孩子，

他们都是快乐的，

但是他们未必真正爱钱、懂钱。

如果哪个小孩子说，我还不会赚钱怎么办？

我的答案是：认识钱才能赚钱。

真正爱钱、认识钱的孩子，

懂得珍惜所有、学会礼尚往来、乐意与人分享、

积极分摊群体劳动、体会共同喜悦……

他们少埋怨、多平衡、易开心、常喜乐。

真正爱钱的孩子，不会变坏。

拾 瓶 记

再也没有比经过自己的辛勤劳动而挣来的汽水更甜美的东西了。

　　小时候,妈妈成天在外头干活,维持着一家人的生计。我们兄弟姐妹几个都由奶奶带着。由于家里穷,零花钱成了可望而不可即的奢侈品,我们不得不自个儿想法子去挣。

　　我那时只有5岁,不能跟姐姐一样给人家当保姆,也无法像哥哥那样,周末到农场给人家打下手。我唯一能胜任的挣钱活是收集汽水瓶:到户外的水沟或路边草丛中捡人家扔掉的空饮料瓶子。一个废瓶子能换回一枚闪闪发光的5分硬币。

　　那年秋天,哥哥姐姐们都返回学校念书了,只留下我一个人独享自由自在的快乐。再过一年,我也要被送进学校,何不趁机发一笔小财呢?

　　每周有3天的时间,奶奶给麦金太尔先生照看便利店。我们有一半的时光是在那儿度过的。小店有很多好吃的,尤其是柜台后那待售的一瓶瓶糖果:甘草棒棒糖、薄荷糖,以及太妃糖等。但我得用现金去买这些好吃的。于是,在获得奶奶的同意后,我开始到处搜罗废弃的饮料瓶。

　　捡瓶子的地方主要是离店不远的田野、台阶等场所。我经常像老鹰一样盯着在地里干活的雇工,看着他们喝完最后一口汽水，忙不迭地跑过去捡回来，如获至宝。由于我长时间四处找瓶子，很快就挣够了买一小包糖果的钱。我天天乐此不疲地到处搜寻，回头再把瓶子卖给奶奶，很快我就成了奶奶的固定客户。

有一天，我照样出去捡瓶子，刚好转到了那家便利店的后面。我简直不敢相信自己的眼睛！那里散落着一地的空瓶子。我赶紧把这些宝物如数装入自己的小推车，然后拉到店的前面。奶奶见了也笑逐颜开，不停地夸自己的小孙女肯吃苦、会做事。

第二天，我再次来到相同的地点——又有一堆汽水瓶子躺在那儿，足有两打！哈哈，我发现了聚宝盆，以后再也不用眼巴巴地瞧着人家喝汽水了。

接下来的一天，我又来到那个神奇的地方，还是有更多的瓶子。我如法炮制，装入小车后，直接推到店前面，只等着奶奶来收购。

这时，一辆卡车开到了店后面。麦金太尔先生走了出来。他礼貌地朝我点了点头，然后问奶奶："在哪儿呢？我得把你提到的那些瓶子都装上。"

"在后头，"奶奶回答，又加了句："至少有 8 打，是我孙女在村子周围一个一个捡来的。"

瞧着小推车中的瓶瓶罐罐，我立即明白了一切：原来，自己正反复地把同一些瓶子卖给奶奶！

当时我怕极了，害怕奶奶因此而丢掉饭碗。没了她的收入，我们全家的日子会更加难过。但我知道自己必须硬着头皮向麦金太尔先生坦白，哪怕他们把我关起来。

我大气不敢出，推着那些瓶子走到麦金太尔先生面前。我把所发生的一切和盘托出，我的眼泪也开始流了出来。而此时，一丝微笑却浮现在他的脸上，随后他开始哈哈大笑，我如释重负，意识到奶奶不会有什么麻烦了。

后来，麦金太尔先生专门搭了个用来放空瓶子的小棚屋，

以免其他的小冒险家重蹈我的覆辙。每到周日,我就帮他把空瓶子装上车。作为报酬,在劳动结束后,他会给我一瓶汽水。

"有时候,一件事情看来太容易了,那往往不是真的。"奶奶常常这样告诫我们。那年剩下的日子,我还像以前一样,在田间水沟、偏僻小路上,或是挨家挨户地找瓶子。活儿很苦很累,但在店里的柜台上数着叮当作响的硬币时,心头甭提有多舒畅了。真的,再也没有比经过自己的辛勤劳动而挣来的汽水更甜美的东西了。

❋ [美]南茜·贝内特　汪新华/编译

财商小语

追求财富的过程中,有些虚幻景象看上去非常美好,但其实都是幻觉。踏实地去挣钱才是正确的途径,虽然会觉得苦也感到累,但最终的成果却是踏实的,也是真实的。

(皖　苏)

财富修养

对不起,我到桌下寻找雪茄,因为我的母亲告诉我,应该爱护自己的每一个美分。

悉尼奥运会上曾经举办过一个以"世界传媒和奥运报道"为

主题的新闻发布会,在座的有世界各地传媒大亨和记者数百人。

就在新闻发布会进行之中,人们发现坐在前排的炙手可热的美国传媒巨头 NBC 副总裁麦卡锡突然蹲下身子,钻到了桌子底下,他好像在寻找什么。大家目瞪口呆,不知道这位大亨为什么会在大庭广众之下做出如此有损自己形象的事情。

不一会儿,他从桌下钻出来,手中拿着一支雪茄。他扬扬手中的雪茄说:"对不起,我到桌下寻找雪茄,因为我的母亲告诉我,应该爱护自己的每一个美分。"

麦卡锡是一个亿万富翁,有难以计数的金钱,他可以挥金如土,可以买到一切能用钱买到的东西,一支雪茄,对于他来说,简直微不足道。

如果照他的身份,应该不理睬这根掉到地上的雪茄,或是从烟盒里再取一支,但麦卡锡却给了我们第三种令人意料不到的答案。

记得媒体也报道过香港首富李嘉诚的一些逸事,其中有一则是关于李嘉诚捡钱的故事。有一天李嘉诚外出乘坐汽车的时候,把一枚硬币掉在了地上,硬币滚向阴沟。他便蹲下身来准备去捡,旁边一位印度籍的保安便过来帮他拾起,然后交到他的手上。

李嘉诚把硬币放进口袋,然后从口袋中取出一百元作为酬谢交给保安。

为了一分钱,却花了一百元的代价,这无论从哪个角度来看都是不划算的,可这件事却偏偏发生在香港首富李嘉诚的身上。

有记者曾问起这件事,他的解释是:"若我不去捡那枚硬币,它就会滚到阴沟里,在这个世界上消失。而我给保安一百元,他便可以用之消费。我觉得钱可以去用,但不能浪费。"

他的解释与麦卡锡所说如出一辙。照常人的眼光来看,这都是有悖"常理"的。但对于两个智慧而又巨富的人来说,他们

的所为又不是可以用经济规律直接解释得通的。

　　我更偏向于认为这是一种财富修养，或者说是一种人生修养。这种修养正是他们创造巨大财富的源泉所在。一个人的价值，并不在于你做了些什么，而在于你所做的对社会是否有益，是否增加了社会的财富。

　　我们能够发现，他们对待财富的修养，正是成功者与普通人的最大区别。

✽ 流　沙

❀财商小语❀

　　尊重每一分钱，实现它们的价值，这是一个人的财富修养。其实尊重自己挣来的每一分钱，就是在尊重自己曾经所付出的劳动。成功者为什么会成功，很重要的原因就在于他们懂得珍惜这种劳动。

（黄　磊）

金钱的价值

> 金钱的真正价值，常常不在于它本身的面值，而是取决于它背后的艰辛。

　　做铁匠的父亲，含辛茹苦地养着一个儿子。可是这儿子并不成器，花起钱来毫无节制。父亲终于忍不住了，将儿子逐出家门，要他去尝尝挣钱的苦头。

母亲心疼儿子，偷偷塞给儿子一把铜板。儿子在外面逛了一天，晚上，他把铜板交给父亲："爸，这是我挣的钱。"父亲把铜板拿在手上掂了掂，生气地说："这钱不是你挣的！"说着就丢进了熔炉。

儿子无奈，只好来到农场里。当他付出了一身臭汗一身泥的代价之后，农场主赏了他半把铜板。儿子兴冲冲地回到家里，把铜板交给了父亲，没想到父亲这次看都不看，又丢进了熔炉！儿子立时暴跳如雷，一边吼叫着一边竟向红彤彤的熔炉扑去！父亲一把按住他，良久，他露出一脸神秘的笑容："孩子，你终于知道心疼这些钱了，我相信，这钱是你挣的。"

金钱的真正价值，常常不在于它本身的面值，而是取决于它背后的艰辛，那些让你弥足珍贵的，必定与自身血汗相关。

财商小语

花钱人人都可以无师自通，但挣钱却是需要一个磨炼的过程。通过劳动获得的一分钱和其他途径得到的一分钱，意义是完全不同的。因为挣钱的过程，对于我们每个人而言都是一笔可以的财富。

（黄 磊）

柏林的街灯

德国未来的首都，街上点的仍有煤气灯。

夜色中，柏林的街灯典雅地亮着，光色迷柔，蕴满诗般的朦胧，了无新富赤裸的刺亮。

我凝望着它们。

"它们是煤气灯。"一个德国人告诉我。

我不相信，怕听错了，也怕他说错，我们都在讲英文，我们都不讲自己的母语。

"Gas."他重复了这个字。

煤气灯于中国好像是世纪初的事。"柏林还用煤气灯？"

"煤气比电便宜呀。"

"柏林街上为什么还用煤气灯？"我问第二个德国人。

"煤气便宜。"

德国将移都柏林，整个柏林在大兴土木，财气十足，派头十足。于是我问："柏林不会缺这点钱吧？"我亲眼看见一幢好端端的市政大厅被伤筋动骨地翻造，说是其隔热材料石棉有碍健康。

"柏林市开支一向很紧，总有更需要花钱的地方，"他像个当家的，说着柴米油盐的难处，"这些街灯是很老了，可还能用，挺结实，煤气又比电便宜。去年市政府总算有了钱换这些街灯，可是百姓不同意,说它们像古董了,不让换。于是,还用它们。"

德国未来的首都,街上点的仍有煤气灯。

不怕寒碜。

回来了。白天街上一道道别刷冒出来的崭亮幕墙让人神满气足,有一日千里追上欧美之感。

晚上,柏林的街灯却叫我惕(tì)然。

 吕　怡

财商小语

有着良好财商素养的人,既不做"守财奴",也不做挥霍浪费者。如果旧的东西仍然能用,并且从另一个角度看,它还有新的东西无法取代的价值,我们应该节约一下,依然用旧的东西。　　（黄　磊）

皮鞋与芒果

童年时,我们每一次面临竞争的心态和行为,往往教会我们一生做人与做事的态度。

在报纸上看到一个富商和一个罪犯回忆他们的童年,提到了相似的一件事。

犯人说,小时候,妈妈给我和弟弟买了两双鞋子,一双是

布鞋一双是皮鞋。妈妈问我们，你们想要哪一双？我一看那双皮鞋，好漂亮，我非常想要。可是弟弟抢先喊："我要皮鞋！"妈妈看了他一眼，批评他说："好孩子要学会谦让，不能总把好的留给自己。"于是我心里一动，改口说："妈，我要布鞋好了。"妈妈听了很高兴，就把那双皮鞋给了我。我得到了我想要的东西，从此也学会了撒谎。以后，为了得到每一件我想得到的东西，我都不择手段，直到我进了监狱。

富商说，小时候，妈妈给我和弟弟买了两只芒果，一只大些一只小些，我一看那只大芒果，很好吃的样子，我非常想要。妈妈问我们，你们想要哪一只？我想说，我要大的，可是弟弟抢先说："我要大的！"于是我就跟妈妈说："妈妈，我和弟弟都是你的孩子，我们应该通过比赛得到那只大芒果，因为我也想要大的。"于是我和弟弟开始比赛，把家门外的木柴分成两组，谁先劈好谁就有权得到大芒果，最后，我赢了。以后，为了得到每一件我想得到的东西，我都会努力争取第一，因为我知道通过努力，就能得到奖赏。

童年时，我们每一次面临竞争的心态和行为，往往教会我们一生做人与做事的态度。皮鞋与芒果，两种迥然的人生。

❋ 孙 丽

🌸财商小语🌸

获得自己想要的东西，应该用公平的手段。用一些小伎俩，可能会获得一时的成功，但自己的能力不仅得不到锻炼，同时还会失去公平竞争的正确心态和意识。这样往往会导致我们迷失自己，最终走上歧途。因小失大，实在不值。

（黄 磊）

钱是怎么来的

这个孩子身上有生意人最完美的素质，但也有生意人最致命的弱点。

这个故事是父亲讲给我听的。

在讲这个故事之前，父亲问了我这样一个问题：钱是怎么来的？

我的回答父亲总不满意。父亲说，还是先听故事吧。

说的是一个小孩子，他有一个坏毛病，那就是好吃懒做。孩子的父亲时时刻刻都指望他能改掉这个不良习惯。然而那个孩子一点也没有改正自己缺点的意思。

父亲不得不随时随地提防自己的孩子，担心他会把家里的钱或值钱的东西偷到外面去换吃的，这位父亲觉得自己每天都活得很累很辛苦。不过说来也怪，孩子虽说好吃懒做，却从没偷过家里的钱，也没有听说过他在外面偷过左邻右舍的东西。他弄钱的办法完全是一种正当的手段。比如说你给他钱买酒，他会少买一点酒，然后把剩余的钱一股脑儿买了吃的。无论是买油盐还是酱醋，他总会用相同的办法省出钱来满足他那张不太争气的嘴……

为了使孩子的懒惰习性不再滋长，父亲决定给孩子一些力所能及的事做，包括给他钱去小店买东西。只是父亲在给钱

的时候坚持了这样一个原则：少给钱多办事。尽管如此，孩子依然我行我素，把父亲的话当做耳旁风。

有一回，父亲一气之下扔了一分钱给孩子，让他去买油，父亲心想，我看你会把钱掰成两半一半买油一半买吃的不成？

孩子到了店里，售货员给他装满了油。把瓶子递给他，手却不缩回去。孩子知道售货员是要钱，就装模作样地浑身摸了一遍，然后苦着脸告诉售货员说钱丢啦。售货员无奈，只好把瓶子里的油倒出来，把空瓶子给孩子。

孩子嘴里呷着一粒糖，双手抱着那个油瓶子，兴致勃勃地回到家里。一进门，父亲劈头就问，油呢？

孩子举了举瓶子。

瓶子壁上附的油正慢慢流回瓶底里，差不多有一小勺。

父亲大怒，这点油怎么吃？

孩子说，一分钱只能买这么多。

……

我的父亲就这样结束了他的故事，但他那期盼的目光始终在我的身上流连。我想了想，说道，这个孩子身上有生意人最完美的素质，但也有生意人最致命的弱点。

父亲赞许地点了点头，然后自言自语地说道，其实钱就是这么来的，也是这么走的。

❀ 刘学兵

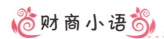

财商小语

　　一个人拥有了挣钱的头脑，不代表就能赚取他所需要的财富。会挣钱还要会守住财富，会开源同时还要会节流。故事中的那个孩子，虽然通过耍一些小聪明弄到一些零花钱，但他好吃懒做，不懂得用自己的劳动去合理地获取财富。这样的人即使拥有巨大的财富，也会最终失去，落得一无所有。　　（黄　磊）

儿童大款的致富奇招

　　有敏锐的头脑，独特的眼光，就能发现被别人忽视了的机会。

　　赚钱，当然是越早越好。如今，就连十几岁的孩子都明白了这样的道理。美国最新一期《人物周刊》报道了一批小"大款"。虽然只有十几岁，但他们的生意却做得红火，有的已成了百万富翁。

变废为宝网上卖羊粪

　　2007 年 4 月，丰克和席佩尔所在的基督教学校举行了

一次募捐拍卖会,每个学生都要捐献一些东西进行拍卖,用以募集资金。丰克家住农村,马路对面就是农场,里面有很多羊。于是,他与母亲一道将一些羊粪装到袋子里拿去拍卖。拍卖时,很多人觉得好笑,但羊粪却赢得最大一笔拍卖款。

后来,他和好友席佩尔想去参加夏令营,他们的父母让他们自己去筹钱,丰克再次想到了收集牲口粪,卖给那些有花园的家庭。

开始并不成功,因为捡来的牲口粪没晒干,气味奇臭。他们最后只卖出了3袋粪,赚了不到20美元,这其中还包括一位好心的女士给的小费。不过,第一桶"金"为他们积累了宝贵的经验。

"工夫不负有心人",在他们的努力下,牲口粪生意越做越大。如今,这对"小老板"卖出了近26吨牲口粪。他们的销售手段也颇为先进,大部分是通过网上卖出去的,2008年的销售额有望突破2万美元。

"我会成为盖茨"

5岁时,汉普森最想要的生日礼物是台收款机;8岁时,还是小学生的汉普森就在学校里经营一个糖果贩卖机。

2007年,15岁的汉普森在一个星期内,帮朋友卖掉一窝小狗,共获利1200美元。

这次偶然的机会,让他发现了"金矿"。于是,还在上高中的汉普森当上了幼犬买卖中介人:收购和销售幼犬。其中大部分在网上完成,他的网站也成了著名的犬类育种网站之一。

现在,生意做大了,他还雇了两位员工:53岁的母亲芭芭拉负责接听电话,21岁的姐姐负责打扫狗笼。

2008年,汉普森的公司有望赢利7万美元。不过,他并不满足,希望扩大生意,包括卖外国狗及狗服装等。他说:"有一天,我会成为比尔·盖茨。"

小发明赚了百万元

斯塔舍夫斯基不但爱梦想,还能让梦想成真。1995 年,10 岁的他跟着父母去夏威夷度假。在潜水时,他发现了一只大海龟,想让爸爸也看看,但无论怎么喊,爸爸都没听见。他非常恼火。

"那也许是个很疯狂的想法,"斯塔舍夫斯基说,"但我就是想在水中说话。"回到加利福尼亚的家中,他便潜心研究水中对讲机,有时整天泡在浴缸里。

两个星期后,"水中对讲机"诞生了。新发明很快吸引了众人的眼球。一家大型玩具公司一次订购了 5 万件。有这么大的市场,斯塔舍夫斯基成立了一家公司。后来,他又有 8 项同类发明。如今,斯塔舍夫斯基已是圣地亚哥大学一年级的学生。早在 2001 年,他就将公司变卖,潜心学习。

不过,赚钱对他来说,的确非常简单,此前的那些发明已为他带来超过 100 万美元的收益。至于他的下一项发明是什么,也许只有他自己知道了。

兄妹俩成了"巧克力农场"场主

埃莉斯从 3 岁起就跟着祖母做巧克力,从此就再也没停下来。她的妈妈凯瑟琳回忆说,那时家里的微波炉中到处都是熔化的巧克力,但是,"我让她做自己喜欢做的事情"。

经过 7 年的"研制",1998 年,埃莉斯 10 岁时,她做的巧克力

果然不同凡响：巧克力的形状像黄牛、小猪、小海龟，栩栩如生。

埃莉斯决定在网上销售这些"杰作"。她的想法得到了哥哥伊万的大力支持。伊万为此拟订了商业计划书，兄妹俩还从银行贷了5000美元作为启动资金，建立一个名为"巧克力农场"的网站。

经过6年的发展，埃莉斯和伊万的网站已有40名员工，公司年均收益100万美元。去年，兄妹两人还夺得美国邮政创业大奖。如今，伊万是大学一年级学生，而埃莉斯还是高中生。

❋ 路经纬

🌹财商小语🌹

牲口的粪便可以卖，狗服装可以出售，普普通通的巧克力也能做成不同的花样换来收益。什么东西值钱，什么东西不值钱，其实都是相对的。有敏锐的头脑，独特的眼光，就能发现被别人忽视了的机会。有细心和恒心，这种机会还可能翻倍。　（陶　然）

出人意料的遗嘱

孩子，我并不需要蜻蜓，我需要的是你们捉蜻蜓的乐趣。

一位富商，英年早逝。临终前，见窗外的市民广场上有一群孩子在捉蜻蜓，就对他四个未成年的儿子说，你们到那儿给我捉几只蜻蜓来吧，我许多年没见过蜻蜓了。

不一会儿，大儿子就带了一只蜻蜓回来。富商问，怎么这么快就捉了一只？大儿子说，我用你送给我的遥控赛车换的。

富商点点头。

又过了一会儿，二儿子也回来了，他带来两只蜻蜓。富商问，你这么快就捉了两只蜻蜓？二儿子说，我把你送给我的遥控赛车租给了一位小朋友，他给我三分钱，这两只是我用两分钱向另一位有蜻蜓的小朋友租来的。爸，你看这是那多出来的一分钱。富商微笑着点点头。

不久老三也回来了，他带来 10 只蜻蜓。富商问，你怎么捉这么多蜻蜓？三儿子说，我把你送给我的遥控赛车在广场上举起来，问谁愿玩赛车，愿玩的只需交一只蜻蜓就可以了。爸，要不是怕你急，我至少可以收 18 只蜻蜓。富商拍了拍三儿子的头。

最后到来的是老四。他满头大汗，两手空空，衣服上沾满尘土。富商问，孩子，你怎么搞的？四儿子说，我捉了半天，也没捉到一只，就在地上玩赛车，要不是见哥哥们都回来了，说不定我的赛车能撞上一只落在地上的蜻蜓。富商笑了，笑得满眼是泪，他摸着四儿子挂满汗珠的脸蛋，把他搂在了怀里。

第二天，富商死了，他的孩子在床头发现一张小纸条，上面写着：孩子，我并不需要蜻蜓，我需要的是你们捉蜻蜓的乐趣。

❋ 刘燕敏

在追求财富的过程中，如果我们因此而艰辛劳顿、身心受创，即使最终得到财富，也得不到真正的幸福；如果我们一直快乐地做一件事情并由此聚集起财富，那么我们就会体味到一种完美的生活享受。

（刘 济）

金钱与生命

"拼命用力呀，我给你1万块！"富翁的脚已经淹在水中了。但是船速不但没有加快，反而慢了下来。

有个富翁乘着船在急流中行驶，突然间，船翻了，他爬到河中间的石头上大喊救命。

一个年轻人看见了富翁，赶紧划着船去救他，但是由于山洪下泻而渐涨的湍（tuān）流，船的行进速度十分缓慢。

"用力划啊！如果你把我救上去的话，我给你1000块！"富翁大声喊道。

船仍然移动缓慢。

"加把劲啊！如果你划到，我给你2000块！"

青年奋力划着，但是逆着水流向前行进，船速仍然难以加快！

"水涨得厉害,你用力呀!我给你5000块!"富翁扯着嗓子喊道。

这时洪流已经淹没了他站立的地方。

青年的船缓缓靠近,但是富翁还是嫌船的速度太慢。

"拼命用力呀,我给你1万块!"富翁的脚已经淹在水中了。

但是船速不但没有加快,反而慢了下来。

"我给你5万……"话还没说完,富翁就被一个大浪打下岩石,转眼卷入洪流,没了踪影。

青年颓丧地回到岸上,抱头痛哭:

"当时,我的脑子里只有一个念头,那就是把他救出来。但是他说要送我钱,而且一次又一次的增加,我心想,只要放慢一点速度,就可以多一些收入。谁知,就因为慢了这么一下,使他被水冲走,是我害死了他啊!'青年捶着头。

🌸财商小语🌸

　　钱很重要,但不是万能的丹药。它不能解决所有问题,反而可能引发新的问题。我们每个人都不要做钱的奴隶,也不要像富翁一样,预先设想别人是金钱的奴隶。

(陶　然)

樵夫的"财商"

生活中，我们常常会自以为是或妄自菲薄，面对一个简单的道理时，却往往犯迷糊。

樵夫和学者同乘一小舟。无聊之中，学者提议做猜谜游戏，并约定，学者输了，付给樵夫十块钱，反之则由樵夫付给学者五块钱。樵夫略加思考问："什么东西在水里重 1000 斤而在岸上仅 10 斤？"学者苦思不得其解，遂付樵夫十块钱，转问对方谜底为何，樵夫答："我也不知道。"并找还学者五块钱，学者愕然。

长久以来，人们总以为，只要自己拥有了较高的智商，便可在商场扬鞭立马，无往不胜，其结果往往却是几多征战，几多愁。原因何在？他们缺乏的是克敌制胜的关键因素——财商。要想在市场竞争日益激烈的今天脱颖而出，不仅要靠丰富的知识、敏锐的判断力，对待金钱的态度也非常重要。从某种角度说，人们用怎样的心态和情感去发掘财富是成功与否的关键。

还是开头那则故事。樵夫也许胸无点墨，学者也许满腹经纶，但这并不能成为衡量其心智的砝码。樵夫敢于跟学者比智力，出道子虚乌有的偏题，迷惑学者，考倒对手，足见其智商也不低。先搅混目标利润，再欲擒故纵，一进一出中，净赚五块钱,其财商更是不同凡响。

生活中,我们常常会自以为是或妄自菲薄,面对一个简单的道理时,却往往犯迷糊。许多时候,我们这些坐在写字楼里号称调节社会财富的人,其"财商"恐怕还不如砍柴的樵夫。反之,理论知识并不丰富的大款、老板在我们身边比比皆是。

❋ 思 言

✿财商小语✿

要想取得财富路上的成功,就要有一定的财富意识,而这需要我们虚心地向别人学习、请教,因为每个人都有自己的特长。这在学习中也同样适用。我们在学习和生活中,不能轻视他人,要学会重视、学习他人的长处。

(黄 磊)

谁付啤酒账

当他喝完两杯啤酒之后,钱袋里的钱却1分也没有少,仍然有一个比索。

一条边界线把Ａ镇分为两半,一边属墨西哥而另一边则属美国。尽管如此,小镇上的居民还是不受国别束缚自由往来。快乐的青年佛朗西斯科住在Ａ镇的墨西哥一侧,他的唯一嗜好是喜爱杯中物,却经常囊中空空。为了一杯啤酒,佛朗西斯科整天在墨西哥和美国之间来回穿插寻找机会。终于,他发现了在墨西哥和美国之间存在着一种特殊的货币情况:在墨西哥,1美元只值墨西哥货币的90分;而在美国,1比索(1墨西哥比索=100分)只值90美分。

一天,佛朗西斯科决定把他的发现付诸实践。他先走进一家墨西哥小酒吧,要了一杯价格为10墨西哥分的啤酒。喝完之后,他用1墨西哥比索付账而要求找补美元。接着,他怀揣找回的1美元(在墨西哥只值90墨西哥分)越过边境又进了一家美国酒吧。这次,他仍旧要了一杯价格为10美分的啤酒喝起来,然后,他用刚才在墨西哥小酒吧找回的1美元付账,根据他的要求又找回1个墨西哥比索(在美国只值90美分)。

现在,佛朗西斯科发现,当他喝完两杯啤酒之后,钱袋里的钱却1分也没有少,仍然有一个比索。于是,他继续不断地重复这一方法,整天在墨西哥和美国之间愉快地喝啤酒。

问题是,谁在真正支付佛朗西斯科的啤酒账?

🌹财商小语🌹

这不是一道数学题,也不算一个智力题,而是一个启示。为什么别人都没有发现其中的奥秘,只有佛朗西斯科想到了呢?这就是财商。拥有了财商,你就可以品尝到"免费的啤酒"。

(陶　然)

无限放大有限的价值

把自己有限的知识和才华无限地放大，淋漓尽致地挥洒，生命就会焕发出强大的活力、放射出无穷的光彩。

早年一位美国商人破产了，他很伤心地把三个儿子叫到身边说，我留给你们的财产只有可怜的三样东西，一本价值100美元的经济论著，一辆折合1000美元刚刚购买的大卡车，以及500美元的现金。你们各自挑选一样吧，以后就靠各自去努力了。

老大挑了经济论著，老二选了卡车，老三要了现金。

一年之后，三兄弟聚在一块，聊起了一年来各自的收获。老大率先开口，我花了半年时间认真拜读和钻研了论著，之后用半年时间到大学里讲学，挣了5000美元。老二骄傲地说，我这一年相当辛劳，用那辆不错的卡车为商场运货，还经常跑长途，已经纯赚20000美元。

老三平静地说，其实，当初我最想要的是卡车，可是二哥选走了。我拿着那500美元，足足想了两天三夜，然后去了二手车市场，以100美元一辆的价格买了4辆旧卡车，之后花了80美元对卡车进行维修。剩下的20美元花在旧书店里，我买了一本和大哥一样的二手经济论著。我雇用了4个司机，让他

们跑长途运输。平时，我的任务就是联系业务，抽空看书充实自己，把学到的东西拓展到运输业务当中。赚来的钱，我一部分用来为司机发工资，另一部分用来再购买二手卡车，扩大再生产。我现在的资金和固定资产不低于 100 万美元。

老大和老二听后，都对三弟佩服得五体投地，要知道，当时百万富翁屈指可数。

其实，无论是 100 美元的经济论著，还是 500 美元现金，抑或是 1000 美元的卡车，对于一个想成就大事业的商人来说，价值都是有限的。三兄弟中的老三聪明之处就在于，将有限的价值无限地放大。不难想象，即使老三得到的是那本经济论著，他同样会发财，他一定会把讲学得到的钱用来购买二手车。如果他得到了那辆 1000 美元的大卡车，那就更好了，他会以新换旧购买 8 辆二手车，业务一定比现在做得更大。而老大和老二只是在利用"一本书"和"一辆车"的有限价值，仅此而已。

无限放大有限的价值，不仅对商人有用，其实对每一个奋斗中的人都有借鉴意义。把自己有限的知识和才华无限地放大，淋漓尽致地挥洒，生命就会焕发出强大的活力、放射出无穷的光彩。

❈ 周 毅

🌹 财商小语 🌹

只要我们巧妙地运用智慧的头脑，就可以将有限的价值无限放大，最终获得更多的财富。生命中需要无限放大其价值的东西有很多，比如学来的书本知识，无限放大其价值才能为我们带来更大的收益。

（黄 磊）

第**3**辑

让头脑中装满理财智慧

富翁到银行以 50 万美元做抵押,要求贷款 1 美元。

银行行长大惑不解地问这位富豪:

"您拥有 50 万美元的家当,为什么还要借 1 美元呢?"

富翁答道:"我到这里来办事,需要一段时间,

随身携带这些有价票据很不安全。

我曾到过几家金库,想租他们的保险箱,

但租金都很昂贵。

我相信这些票据以担保的形式寄存在贵行肯定很安全。

况且只要一年支付 6 美分利息……"

有头脑又有金钱的人是幸运的,

他们能用头脑支配金钱;

而只有金钱没有头脑的人则是不幸的,

因为他们的头脑被金钱所支配。

卖鸭蛋的启示

鸭蛋利薄，但是多销，所以利润远远大于周转慢的文具。

像许多领袖人物一样，宏碁集团董事长施振荣的少年时代充满坎坷。父亲在他3岁时就因病去世，留下他和母亲相依为命。为了谋生，母亲卖过鸭蛋、织过毛衣，甚至还摆起槟榔摊。施振荣成功后，不止一次提到他童年时卖鸭蛋的经验。

他曾经帮母亲在店里同时卖鸭蛋和文具。鸭蛋3元1斤，1斤只能赚3角，差不多是10%的利润，而且容易变质，没有及时卖出就会坏掉，造成经济上的损失。相比之下，文具的利润高，做10元的生意至少可以赚4元，利润超过40%，而且文具摆着不会坏。看起来卖文具比卖鸭蛋划算得多。但在施振荣的讲述中，卖鸭蛋远比卖文具赚得多。

鸭蛋利润薄，但最多两天就周转一次；文具利润高，有时半年一年都卖不掉，不但积压成本，利润也早被利息吃光了。鸭蛋利薄，但是多销，所以利润远远大于周转慢的文具。施振荣后来将卖鸭蛋的经验运用到宏碁，建立了"薄利多销模式"，即产品售价定得比同行低，虽然利润低，但客户量增加，资金周转快，库存少，经营成本大为降低，实际获利大于同行。

施振荣很聪明,他有一个成功的秘诀,就是薄利多销。他让自己手里的钱"活"了起来。同样的,我们在生活中、学习中,也有自己成功的秘诀。不断地学习,获得的虽然是一点点,但是得到的知识却越来越多;努力地思考,得到的感受虽然不一样,但是理解会越来越深,我们也会变得越来越聪明。　　　(赵　航)

聪明的报童

渐渐地,第二个报童的报纸卖得越来越多,第一个报童能卖出去的越来越少了,不得不另谋生路。

在某一个地区,有两个报童在卖同一份报纸,二人是竞争对手。

第一个报童很勤奋,每天沿街叫卖,嗓门也响亮,可每天卖出的报纸并不是很多,而且还有减少的趋势。

第二个报童肯用脑子,除去沿街叫卖外,他还每天坚持去一些固定场合,一去之后就给大家分发报纸,过一会儿再来收钱。地方越跑越熟,卖出去的报纸也就越来越多,当然也有些损耗,但很小。渐渐地,第二个报童的报纸卖得越来越多,第一

个报童能卖出去的越来越少了，不得不另谋生路。

为什么会如此？第二个报童的做法中大有深意：

第一，在一个固定地区，对同一份报纸，读者客户是有限的。买了我的，就不会买他的，我先把报纸发出去，这些拿到报纸的人是肯定不会再去买别人的报纸。等于我先占领了市场，我发得越多，他的市场就越小。这对竞争对手的利润和信心都构成打击。

第二，报纸这东西不像别的消费品，有复杂的决策过程，随机性购买多，一般不会因质量问题而退货。而且钱数不多，大家也不会不给钱，今天没零钱，明天也会一块给，文化人嘛，不会为难小孩子。

第三，即使有些人看了报，退报不给钱，也没什么关系，一则总会积压些报纸，二则他已经看了报，肯定不会去买别人的报纸，还是自己的潜在客户。

❀ 陈 琛

🌹 财商小语 🌹

第二个报童的成功在于他肯动脑筋，他清楚地意识到，自己能不能赚到钱，不仅在于沿街叫卖，更在于和第一个报童有力地竞争。我们做事情，也应该有自己的目标，也应该有自己要超过的对手。你的目标是什么？想超过的那个人又是谁呢？（赵 航）

钱不是攒来的

> 钱是赚来的，而不是靠克扣自己攒下来的。

钱是什么？许多人认为，放在自己口袋里或者存在银行里的纸币就叫钱，犹太人却不这么认为。

卡恩站在百货公司的橱窗前，目不暇接地看着形形色色的商品。他身边有一位穿戴很体面的犹太绅士，这位绅士正站在那儿抽雪茄。卡恩恭恭敬敬地对他说："您的雪茄好像不便宜吧？"

"2美元一支。"

"好家伙……您一天抽多少支呢？"

"10支。"

"天哪！您抽了多久了？'

"40年前就抽上了。"

"什么？您仔细算算，要是不扫烟的话，那些钱足够您买下这家百货公司了。"

"这么说，您不抽烟？"

"我不抽烟。"

"那么，您买下这家百货公司了吗？"

"没有。"

"告诉您，这家百货公司就是我的。"

谁也不能说卡恩不聪明，因为：第一，他算账算得很快，一

下子就计算出每支雪茄两美元，每天抽 10 支，40 年所花的钱可以买下一家百货公司；第二，他懂得勤俭持家、积少成多的道理，并且身体力行，从来没有抽过两美元一支的雪茄。

但是谁也不能说卡恩具有生活的智慧，因为他不抽雪茄也没有省下买一家百货公司的钱。卡恩的智慧是死智慧，绅士的智慧是活智慧。钱是赚来的，而不是靠克扣自己攒下来的。

❋ 罗　宇

🌹 财商小语 🌹

有一个成语叫"开源节流"，开源就是开辟财源，用自己的智慧和本领，去创造财富；节流就是节省开支，对生活中不必要的花销，尽量节省。依靠节流攒钱的方法来改变生活，那不是活智慧；只有像犹太绅士那样，想办法开源，才是获得成功的最高智慧。

(赵　航)

一加一大于二

你认为一加一应该等于二，而他认为一加一永远大于二。

在奥斯维辛集中营，一个犹太人对他的儿子说："现在我们唯一的财富就是智慧,当别人说一加一等于二的时候,你应该想到大于二。"纳粹在奥斯维辛毒死 536724 人,父子俩却活了下来。

1946 年,他们来到美国,在休斯敦做铜器生意。一天,父亲问儿子一磅铜的价格是多少,儿子答 35 美分。父亲说:"对,整个得克萨斯州都知道每磅铜的价格是 35 美分,但作为犹太人的儿子,你应该说 3.5 美元。你试着把一磅铜做成门把儿看看。"

20 年后,父亲死了,儿子独自经营铜器店。他做过铜鼓、做过瑞士钟表上的簧片、做过奥运会的奖牌。他曾把一磅铜卖到 3500 美元,这时他已是麦考尔公司的董事长。

然而,真正使他扬名的,是纽约州的一堆垃圾。

1974 年,美国政府为清理给自由女神像翻新扔下的废料,向社会广泛招标。但好几个月过去了,没人应标。正在法国旅行的他听说后,立即飞往纽约,看过自由女神像下堆积如山的铜块、螺丝和木料,未提任何条件,当即就签了字。

纽约许多运输公司对他的这一愚蠢举动暗自发笑。因为在纽约州,垃圾处理有严格规定,弄不好会受到环保组织的起诉。就在一些人要看这个得克萨斯人的笑话时,他开始组织工人对废料进行分类。他让人把废铜熔化,铸成小自由女神像;他把木头等加工成底座;废铅、废铝做成纽约广场的钥匙。最后,他甚至把从自由女神像身上扫下的灰尘都包装起来,出售给花店。不到 3 个月的时间,他让这堆废料变成了 350 万美元现金,每磅铜的价格整整翻了一万倍。

在商业化社会里,是没有等式可言的。当你抱怨生意难做时,也许有人正因点钞票而累得气喘吁吁。这里面的差别可能就在于:你认为一加一应该等于二,而他认为一加一永远大于二。

❋ 小 豆

以往总以为你的一元钱和我的一元钱是一样大的，现在看来，一元钱和一元钱是不一样大的：一元钱在我的手里，可以买一斤苹果；而在商人的手里，说不定能买两斤苹果。这样看来，相同的东西在不同人的手里，会变得不一样：可能会变成一堆垃圾，也可能会变成一块黄金。这关键在于我们的财富智慧。（赵　航）

富豪只借一美元

有头脑又有金钱的人是幸运的，因为他们能用头脑支配金钱。

一位富豪走进一家银行，来到贷款部，举止得体地坐下来。

"先生，您有什么事需要我们服务吗？"贷款部经理一边打量着来者，一边热情地问道。

"我想借点钱！"富豪回答。

"可以。您想借多少呢？"

"一美元。"

"一美元？只借一美元？"贷款部经理惊诧地看着他。

"是的，我只需要借一美元。可以吗？"

"当然。只要有担保，借多少都是可以的。"经理彬彬有礼地说。

"好吧。"那人从皮包里取出一沓股票、债券放在桌上，"这些票据做担保可以吗？"

经理清点之后说："先生，总共50万美元，做担保足够了。不过……先生，您真的只借一美元吗？"

"是的。"富豪不动声色地回答。

经理干脆地说："好，请办理手续吧。年息6%，只要您付出6%的利息，一年后我们便把这50万美元的股票、债券都还给您。"

"谢谢！"富豪办完手续后，从容离去。

一直在一旁观望的银行行长怎么也不明白，一个拥有50万美元的人，怎么会跑到银行来借一美元呢？于是，他追了上去，大惑不解地问这位富豪："对不起，先生，我想问您一个问题。我实在弄不懂，您拥有50万美元的家当，为什么还要借一美元呢？"

"好吧，我可以把实情告诉你，我到这里来办事，需要一段时间，随身携带这些有价票据很不安全。我曾到过几家金库，想租他们的保险箱，但租金都很昂贵。我知道贵行的保安很好，所以就将这些票据以担保的形式寄存在贵行。况且借款利息很便宜，一年只要支付六美分……"

行长恍然大悟：有头脑又有金钱的人是幸运的，因为他们能用头脑支配金钱；而只有金钱没有头脑的人则是不幸的，因为他们的头脑被金钱所支配。

经商斗智，善谋者胜。

❀ 蒋光宇

财商小语

　　这个富翁太聪明了，他把应该放在保险箱里的 50 万美元的股票和债券，通过担保的形式交给银行保管。如果租借保险箱，他要花费昂贵的租金；而如果将其作为担保，只需要付出六美分的利息。很多事情，如果换一种方法来解决，你会发现可以收到意想不到的效果。

（赵　航）

睿智的远见

> 人生和事业都是如此，只有具有睿智的远见的人，才是获得成功的人。

　　威勒是 18 世纪美国最负盛名的房地产商和银行家，但他在发迹之前不过是一家银行里一个普通的职员。他本来是在一个亲戚的店铺里帮忙，因为勤快肯干，深为亲戚信任，就让他负责跑银行的业务。由于经常到银行去，就同银行里的人熟悉了。银行老板看他机灵诚实，决定聘请他做银行的职员。

　　在银行里，威勒的才华很快显露出来，又被升为主管，负责对房地产方面的投资。

　　18 世纪正是美国历史上大规模的开发建设时期，房地产开发炙手可热。在华盛顿的近郊有一块地皮，威勒认为有无限的开发前景，应该买下来。银行里其他的同事没有人同意他的观点，他们认为那里偏僻荒凉，不会有开发的前景，进去很可能就烂在了那里。但是威勒凭自己的看法认为，美国的经济正在进入大发展的时期，无数的农民涌到城市里来，华盛顿用不了几年就会人满为患，到那时必须扩大城市规模，而那块地皮无论从哪个方面说都是开发建设的首选。同事们不以为然，老板也拿不准。

　　但是凭着自己对威勒的信任，老板决定让威勒放手去买这块地皮，并负责那里的开发。

　　也就在威勒买下地皮，办完有关的法律文件，刚刚开始开发的时候，华盛顿市政府作出了一个决定，要在那里兴建新的商业中心，作为华盛顿的新城。威勒一年前买下的地皮在一夜之间飞涨了 10 倍。所有的同事都对威勒佩服得五体投地。威勒的这个决定让银行老板一夜之间挣了数百万美元。老板为了表彰威勒，奖励了威勒 10 万美元。

　　在那个时候的美国，拥有 10 万美元已经是了不起的事情。威勒决定以这些资金为资本，自己干一番事业。他从自己熟悉的房地产开始，逐步扩大到其他行业，后来成了美国著名的房地产开发商和银行家。

　　威勒成功的秘密就是他与众不同的睿智和远见。

　　远见就是在一个机会还没有显示出它的价值的时候，在别人都不以为意的时候，你能够发现它潜在的趋势。在股市里，所有那些追涨的人都肯定会成为套牢一族，原因是你到了所有人都发现了它的价值的时候才发现它。只有当所有的人都不认为它有投资价值的时候，才会有机会来临。这就需要

睿（ruì）智的远见。

人生和事业都是如此，只有具有睿智的远见的人，才是获得成功的人。

❋ 鲁先圣

🌹财商小语🌹

在我们的生活中，处处需要睿智的远见。有远见的人，在学习上，会暂时放下眼前的玩乐，紧紧抓住长远的利益；在待人处世方面，则不会为一点鸡毛蒜皮的小事情，和人斤斤计较，伤了同学的感情和友谊。有远见才能有未来。

（赵　航）

赚取迟到的财富

该"广而告之"一亮出，就立即吸引了那些在股市上亏钱的投资者的眼球。

美国纽约曼哈顿金融街上，有一家"地中海赊账酒吧"，虽然店面不大，但生意十分红火。然而五年前，这个酒吧的前身地中海快餐店却是门可罗雀，生意冷清，一度陷入濒临关门的境地。但自从老板费尔沃特·查理推出了一个别出心裁的经营项目后,立刻扭亏为盈。

八年前,费尔沃特·查理在曼哈顿金融街上开了一家规模不大的小饭店——地中海快餐店。由于经营项目与周围同行差别不大,在激烈的竞争中,很难吸引人,因此常常入不敷出。查理一度陷入沮丧之中,打算将快餐店转手。

天无绝人之路。五年前的一天,正当查理关门打烊(yáng)时,附近的一阵争吵声让他停下了手中的活。原来是一个醉汉在酒吧喝完酒之后掏不出钱,要求赊账,酒吧老板不同意,双方吵了起来。这是金融街上很常见的现象:每逢道指下跌之日,收盘后,证券交易所周围就会出现许多垂头丧气的男女,其中相当数量的人会不约而同地踏进各家酒吧,借酒消愁解闷。然而,其中一些人喝完酒后,却因囊中羞涩而难以当场付钱,因此常常闹出顾客和老板之间的不愉快。

这个平时司空见惯的现象倏地触发了查理的灵感,他决定改弦易辙,索性将"地中海快餐店"更名为"地中海赊账酒吧",换一种"先醉后还"的思路来经营酒吧。根据每天道指的下跌情况,允许前来消费的暂时失意者赊欠一定的额度,待他们赚钱时再归还,赚取"迟到的钞票"。因为股市不会只跌不涨,这些赔了钱郁闷的人,赚钱时心情高兴,自然会来还账。

查理在酒吧里装上大屏幕电视机,随时播报道指跌涨和股市动态。与此同时,他在酒吧外的招牌上打出这样的广告:本酒吧根据道琼斯工业指数下跌而设定消费赊账金额,每下跌一点,顾客可以赊欠 50 美分;以此类推。赊欠的上限为 50 美元。所有赊欠款项请在三个月内予以偿还。

该"广而告之"一亮出,就立即吸引了那些在股市上亏钱的投资者的眼球,这些失意者此时正需要"寅吃卯粮"而借酒

消愁。而查理的这一招正迎合了他们的心理,他们纷纷前去光顾。查理只需将他们的社会保险号码、电话号码、所限赊的酒品数量和金额,以及各自所定下的结账日期等输入电脑即可,到时候,他们自然前来结账。

由于查理推出了与周围餐饮业完全不同的,独一无二的经营模式,现在地中海赊账酒吧天天顾客盈门,生意非常红火,平均每天营业额达近万美元。

❉ 闻 力

🌹财商小语🌹

贫瘠的土壤里不适合栽种娇艳的花朵,但却是仙人掌繁育的好场所,同样的问题,不同的解决思路就会带来完全不同的收获。

(赵 航)

亚洲首富的智慧之源

要成为世界首富,就必须从事最新兴、最具发展潜力的行业。

亚洲首富孙正义(日籍韩裔网络业大亨、日本软件银行总裁),在23岁的时候得了肝病,整整住了两年的医院。在两年当中,他阅读了 4000 本书籍,平均一天阅读五本书。

孙正义在读完了 4000 本书籍之后,他根据自己读书的心得写了从事 40 种行业的发展计划。然后他列出了选择事业的标准,这些标准有 25 项之多,其中比较重要的有:

　　1. 该工作是否能使自己持续不厌倦地全身心投入,50 年不变;

　　2. 是不是有很大发展前途的领域;

　　3. 10 年内是否至少能成为全日本第一;

　　4. 是不是别人可以模仿。

他终于明白了自己多年以来百思不得其解的困惑——要成为世界首富,就必须从事最新兴、最具发展潜力的行业。

一出院,他就以坚定的信念决定进军计算机行业,并从这 4000 多本书中总结出了一套与众不同的创业方案。

于是,孙正义创立了他的公司,这时他的员工只有两个。

公司开业那天,孙正义站在公司装苹果的水果箱上面,跟他的两个员工说:"我叫孙正义,在 25 年之后,我将成为世界首富,我的公司营业额将超过 100 兆日币!"

那两个人听了之后,立刻辞职不干了,他们都以为老板疯了——但他们不知道孙正义两年之内读了 4000 本书籍!

后来,孙正义真的验证了他在苹果箱上的誓言,而且正在向比尔·盖茨发起挑战!

　　❋ 陈安之

财商小语

　　我们的智慧从哪里来？它不会从天上掉下来，也不是出生时从妈妈肚子里带出来的。智慧就像树上的果实，它要经过浇灌和施肥等一番辛勤的劳动，才能结出丰硕的果子，它源自我们的刻苦地学习和积累。

（赵　航）

一滴智慧成富豪

新机器只节省了一滴焊接剂，却每年为公司节省五亿美元开支。

　　一名美国青年在一家石油公司找到工作。他学历不高，也不会什么技术。他的工作连小孩都能胜任，就是查看生产线上的石油罐盖是否自动焊接封好。

　　装满石油的桶罐通过传送带输送至旋转台上，焊接剂从上方自动滴下，沿着盖子滴一圈，作业就算结束，油罐下线入库。他的任务就是注视这道工序，从清晨到黄昏，过目几百罐石油。

　　没几天，他便厌烦透了。他很想改行，却找不到别的工作。他非常无奈，只得坚持工作。

　　经过反复观察，他发现盖子旋转一周，焊接剂共滴落39

滴,焊接工作即告结束。他思考着,这简单至极的工作中,是否有什么可以改进的地方。

一天,他突然想到:如果把焊接剂减少一两滴,是不是会节省生产成本呢?

试验之后,他研制出 37 滴型焊接机。但是该机焊出来的石油罐偶尔会漏油,质量缺乏保障。他不灰心,又研制出 38 滴型焊接机。这次公司非常满意,不久便生产出这种机器,采用了他的焊接方式。

新机器只节省了一滴焊接剂,却每年为公司节省五亿美元开支。

他就是美国工业界第一代亿万富豪、石油大王洛克菲勒。

✹ 吕国荣

财商小语

没有少就不会有多,多都是由少积累起来的。但是知识仅仅多是不够的,还要把知识转化为智慧。拥有智慧,才可能使我们成为对人类作出重大贡献的人。

(赵 航)

霍英东的两个硬手

很快,他的小舢板就换成了小艇,又从小艇换驳船,一步步成为运输业"老大"。

香港商人霍英东生前是享誉全球的亿万富翁。可谁想,18岁时的霍英东还不得不靠做苦力来营生。后来他发现战后香港的遗弃物资很多,可转手卖钱,于是他就用小舢板倒卖破烂。很快,他的小舢板就换成了小艇,又从小艇换驳船,一步步成为运输业"老大"。

后来,他开始把卖破烂赚的钱投入到建筑业。但当时香港建筑业已近饱和,于是他想出了一个高招儿,即一层层卖楼法,从而发明了边建边卖的分层出货法。这大大加快了他的资金周转,一个钱可当几个钱花,还创造了香港房地产买卖速度的最高纪录。

20世纪60年代,香港经济开始起飞,建筑业疯涨,竞争更加激烈,导致沙石奇缺。而霍英东青年时的小舢板生活使他意识到淘沙是个好营生。而当时人们普遍认为那是费力费钱、收效慢的"吃螃蟹"苦活儿,因而无人问津。但他却认为淘沙就是淘金,于是他乘泰国政变之机,从曼谷政府手中购买到一艘载重3000吨的东南亚地区最大挖泥船,再加上原有的20艘,使霍英东的供沙能力有了绝对优势,垄断了淘沙业。当时,如何供沙也有两个方案：一是短期高价供沙，获取暴利；二是订长期合同低价出售。霍英东觉得谋长远利益永远比短期暴利办法更好，便选择了第二个方案。果然，后来房地产的大起大落都没有对他的供沙业造成重大冲击。

❈ 郑 中

❀财商小语❀

霍英东的成功靠的就是勇气和智慧。这两个"硬手"也正是我们要学习的，在自己的成长过程中培养自己有勇气、品质，才能在以后的行动中收获成功的果实。 （赵 航）

卖产品不如卖自己

你的头脑千万不要想赚钱，你想赚钱，你铁定赚不到钱。

我在17岁的时候，从事汽车销售的工作。

经理说如果你在两个星期之为，没有卖出两台车子的话，就会被开除。你们猜猜看，我有没有被经理开除？肯定是没有的。为什么呢？因为在开除的前一天，我主动辞职了！

那一天，我决心不干了。所以我走到公司的时候，大摇大

摆,晃来晃去——因为到底谁怕谁啊? 难道乌龟会怕铁锤吗? 我当天下定决心,在老板开除我之前,我主动把他给 Fire(解雇)掉!

在那天下午,突然进来了两位女士。这两个女士看到我们的车子,她们说这个不好,那个颜色不对,这个种类不对,这个配置不对,这个太贵了,这个太便宜了。我们现场有两百多台车子,这两位女士把我们现场的车子批评得一无是处!

我说:"两位女士,这样好了,我带你们出去看车子,假如你喜欢看本田,我们就看本田,你喜欢丰田,我们就看丰田。假如你喜欢这些车子的话,我愿意坐下来帮你谈判、杀价。"

结果后来她们出去看了一两个小时之后回来,她说:"小陈哪,我决定跟你买车子了。"

我说:"为什么呢? 我们车子不太好嘛,你不是这样说吗?"

她说:"陈先生啊,你们车子事实上是不太好,但你的服务态度是蛮好的。"

所以那天,我凭着帮助人的服务态度卖出了第一台车子。

当天,我得到顾客的肯定,得到经理的赞赏,我又赚了公司的一些提成,我不好意思辞职,次定第二天再辞职。

第二天,星期六早上,有一对夫妻带着一个儿子,早上一大早就来看车子。一个小时不到,这个太太决定跟我买车子了。

后来她的先生,把我拉到旁边来,他说:"陈先生哪,事实上,我们今天本来不太可能跟你购买车子,你没有看到礼拜六我们起了一个大早,9点钟就来到你们车行? 我们今天是要来比价格的,哪一家开价最低,我们就跟谁买。"

他说:"后来,我太太决定要跟你买,她说即使这个车行比较贵,她也觉得值得,因为她觉得你的服务态度是非常好的！"

第二天我又靠着服务态度卖出了一台车子。

我以前一个月卖不到两台车子，现在两天可以卖两台，真是奇迹！

我经理看到我，他说："Steve Chen，你一定会成为下一个乔·吉拉德。"哇，又是莫大的鼓励，所以当天又不好意思辞职。

我连续两天卖了两台车子！没有一台车子我解释过任何的产品项目。所以我感觉顾客也买的是你服务的态度以及工作的精神。

后来在意大利，我遇到了做男鞋排名世界第一的人，他已经61岁。遇到他本人，我非常兴奋，想请教他成功的秘诀。

我就问："你个人大概从事鞋子的行业多久？"

他说："做了51年。"

他儿子现在也在做鞋子，他的爸爸以前就是做鞋子的，罗马的教皇保罗就是穿他的鞋子，马来西亚国王也穿他的鞋子。世界名人很多都穿他的鞋子。

我说："你是如何成为世界第一名的？"

他说："成功其实很简单。"

他说："你的头脑千万不要想赚钱，你想赚钱，你铁定赚不到钱。"

他说："不要想你要为你自己工作，你必须想你要为你的家庭而奋斗，你必须为你的社会而奋斗，你必须为你的国家而奋斗！"

他说："你看我这里有个扶轮社（国际慈善机构）的标志在我的西装上面。"

"每次人家都推选我当会长，事实上我根本就不想当

领导者。"

他说："告诉你，请你不要想办法成为一个领导者。请你每天想如何去服务别人，帮助别人，当你每天想如何服务别人，帮助别人。别人自动会推举你成为一个领导者，自动会推荐你，自动会说'请你来竞选好不好'？"

他说："领导者的地位不是争取来的，是别人主动把你拱上来的，因为你的焦点都在想如何帮助别人。"这个世界第一名做鞋子的，他这样告诉我。

所以，假如一个人拥有良好的态度——主动帮助别人，假设他再拥有一流的能力和技巧，这个人，要成为社会的顶尖，要成为行业的顶尖，是指日可待的事情。

❋ 陈安之

🌸 财商小语 🌸

成功始于现在的积累，始于良好的态度。无论将来我们选择哪种职业作为自己努力奋斗的方向，都需要从现在起，从小事起培养自己主动帮助别人的态度。有了这个心态，再加上一流的能力和坚持不懈的努力，我们才会登上成功的顶峰。

（赵 航）

把专利卖给布什

很多事情并不是因为不可能才找不到办法，而是因为找不到办法才成为不可能。

2004 年 11 月初，美国总统大选总算是尘埃落定了。出乎众人的意料，中国女留学生黄娅，在这次大选中巧妙地赚了 270 多万美元，成了这次大选中一位引人注目的新闻人物。《华盛顿邮报》以"巧借大选大赚钞票"为题，栩栩如生地报道了她在商海中的才华与智慧。

2002 年夏天，22 岁的黄娅从武汉大学毕业，到美国佛罗里达州的大学攻读工商管理硕士。

黄娅是个要强自立的女孩，一贯主张靠自己赚钱来解决所有的开销。2004 年春节过后，她的婚事提上了日程，支出明显增加。于是，她更加聚精会神地捕捉商机。但是由于受时间、资金等因素的制约，有前景看好的项目她却难以操作。

2004 年春季，美国第 55 届总统竞选紧锣密鼓地开始了。黄娅深知，历届总统大选，都蕴藏着巨大的商业机会。她相信这次也绝不会例外，关键是要寻找到耗资小且不会耽误太多学习时间的好项目。

4 月中旬的一个周末，黄娅和未婚夫到康斯威尔市度假。

在返校途中因为汽车需要加油，便驶进了公路旁边的加油站。

加油员风趣地问："你是要'布什'给你加油，还是要'克里'给你加油？"

随着加油员的手势，黄娅发现，几条加油管的加油嘴分别换成了布什或克里的头部卡通形状，汽油的出口就是他们"张开的嘴巴"。

黄娅立刻就明白了，美国总统候选人的竞选班子为了拉选票，想尽一切办法讨好、笼络选民，连加油站也没有放过。就这样，公路沿线便出现了一道特殊的风景："布什"和"克里"同时在加油站"金口大开"向选民吐"油水"。

说者无意，听者有心。黄娅产生了一个灵感：生产、销售印有布什、克里头部卡通图案和姓名的太阳帽、小旗子，也一定会深受广大选民欢迎。

到学校后，黄娅找来布什和克里的影像资料，和未婚夫一起设计出他们的头部卡通形象，图案下方是他们的名字。黄娅设计的帽子以美国国旗为背景，上面有一个象征胜利的 V 形手势和一句广告语："我要当美国总统！"根据布什和克里不同的性格和竞选纲领，她别出心裁地在 V 形手势上做了各具特色的设计：布什的 V 形手势是用导弹和大炮的变形图案组成的，寓意他积极反恐、强硬外交的铁腕政策；克里的 V 形手势是用橄榄枝组成，寓意他和平外交、重视福利的温和政策。

简洁、生动的设计，既突出了两位候选人的性格特点、政策取向，又突出了他们志在必得的信心，所有这一切，无疑为产品畅销奠定了坚实的基础。

善于经营的黄娅不仅在这些产品上留下了自己的联系电话，而且为这些产品申请了外观设计专利。

专利批下来后，黄娅联系了一家工厂生产这些产品，又联系社区选举组织和商场,委托他们出售给选民。产品投放市场后十分畅销,很快就卖出了 20 多万顶帽子、几十万支小旗子。黄娅和未婚夫初战告捷,赚了一大笔钱。

尽管他们的产品销路不错,但经销网络比较单一,范围也有局限。黄娅知道自己的导师珍妮在美国很有名望,经常接触政界人士。她想:如果能够得到导师珍妮的支持,借助候选人组织的力量,产品辐射范围冷大得多,销路一定会好上加好。

于是,黄娅找到导师珍妮,请求帮助自己开拓市场。珍妮是民主党成员,非常希望克里能够当选,便将黄娅的想法转达给克里的竞选班子,结果是一拍即合。克里竞选班子立刻作出积极的反映:只要黄娅不生产、不销售带有布什标志的产品,只生产克里的,他们愿意为黄娅补贴 50% 的生产费用,并且通过他们的渠道将这些产品销售到美国各地,而产品销售的利润完全归黄娅。收获如此之大,远远超过了预想,黄娅欣然同意了。

黄娅的产品迅速进入了美国的千家万户,那些带着克里标志的美国人参加各种活动的形象,频频出现在电视、报纸上,"克里"活跃在美国各地。与此同时,美元也源源不断地流进了黄娅的腰包。

异常活跃的"克里",引起了布什竞选班子的关注。他们研究认为,黄娅的设计新颖独特,把握了竞选的政策核心,获得了选民的广泛认同,应当抓紧开发利用。6 月下旬的一天,喜从天降,布什竞选班子的人找到黄娅,情愿出 85 万美元买断她设计的带有布什标志的产品专利。

因为与克里竞选班子签订的协议中,并没有规定不能转让"布什",所以转让"布什"并不违背协议。黄娅在征得了导师珍妮的理解和支持之后,合法地将"布什"专利转让给布什的竞选班子,又轻而易举地得到了 35 万美元。

同学们纷纷向黄娅祝贺，说她"大发选举财"，"赚美国总统的钞票"，"是把专利卖给布什的人"。

在这个世界上，很多看来不可能的事情其实都是可能的。很多事情并不是因为不可能才找不到办法，而是因为找不到办法才成为不可能。找到了办法，就是架起了一座由不可能通往可能的桥梁。

❋ 蒋光宇

🌹财商小语🌹

赚钱的机会到处都有，关键是我们是否有发现机会的眼光和将这种机会转变为行动的能力。从22岁的黄娅把专利卖给布什来看，善于抓住身边的机会，并大胆地将其付诸行动，不可能就能成为可能。赚钱如此，人生的各个方面都是同样的道理。

（赵　航）

赚钱的智慧只需一点点

日本人一看这情形，顿时失望不已。但当他弄清真相后，又惊喜万分，当即决定以百万年薪聘请他。

有个年轻人决定凭自己的智慧赚钱，就跟着人家一起来到山上，开山卖石头。

别人把石块砸成石子，运到路边，卖给附近建筑房屋的人，这个年轻人竟直接把石块运到码头，卖给杭州的花鸟商人。因为他觉得这儿的石头奇形怪状，卖重量不如卖造型。就这样，这个年轻人很快就富裕起来了。5年后，卖怪石的年轻人成了村子里第一座漂亮瓦房的主人。

后来，当地政府下令不许开山，只许种树，于是这儿成了果园。当地的鸭梨汁浓肉脆，香甜无比。每到秋天，漫山遍野的鸭梨引来了四面八方的客商。乡亲们把堆积如山的鸭梨整车整车地运往北京、上海，然后再发往韩国和日本。

鸭梨带来了小康的生活，村民们欢呼雀跃。这时候，那个卖怪石的年轻人却卖掉果树，开始种柳树。因为他发现，来这儿的客商不愁挑不上好梨，只愁买不到盛梨的筐。

5年后，他成了村子里第一个在城里买商品房的人。再后来，一条铁路从这儿贯穿南北。这儿的人上车后，可以北到北京，南抵九龙。小小的山庄更加开放搞活了。乡亲们由单一的种梨卖梨起步，开始发展果品加工和市场开发。

就在乡亲们开始集资办厂的时候，那个年轻人却又在他的地头，砌了一道3米高百米长的墙。这道墙面朝铁路，背依翠柳，两旁是一望无际的万亩梨园。坐火车经过这里的人，在欣赏盛开的梨花时，会醒目地看到4个大字：可口可乐。

据说这是500里山川中唯一的广告。那道墙的主人仅凭这座墙，每年又有了4万元的额外收入。

20世纪90年代末，日本某著名公司的老板来华考察。当他坐火车经过那个小山庄的时候，听到上边的故事，马上被那个年轻人惊人的商业智慧所震惊，当即决定下车寻找此人。当日本人寻找到这个年轻人的时候，他却正在自己的店门口与对门的店主吵架。

原来，他店里的西装标价 800 元一套，对门就把同样的西装标价 750 元；他标 750 元，对门就标 700 元。一个月下来，他仅卖出 8 套，而对门的客户却越来越多，一下子批发出了 800 套。

日本人顿时失望不已。但当他弄清真相后，又惊喜万分，当即决定以百万年薪聘请他。原来，对面那家店也是他的。

❀ 楚 风

🌸财商小语🌸

在生活和学习中，人云亦云，别人做什么，我们就跟着做什么，仅仅能与大家达到同一水平。而运用自己的智慧，开动脑筋，善于发现不一样的成功途径，会让我们更上一个台阶。　（采 露）

成功就是成为最小的笨蛋

整场博弈中的最大赢家，实际上不过是损失最小的那个笨蛋而已。

一位推销员从总公司被派到欧洲分公司，他报到的时候，带来了公司 CEO 写给分公司总经理的一张字条："此人才华出众，但是嗜赌如命，如你能令他戒赌，他会成为一名百里挑一的出色推销员。"

总经理看完纸条，马上把这位推销员叫到自己的办公室：

"听说你很喜欢赌，这次你想赌什么？"

推销员回答："什么都赌，比如，我敢说你左边的屁股上有一颗胎痣。假如没有，我输你500美元。"

这位总经理一听大叫道："好。你把钱拿出来！"

接着，他十分利索地脱掉裤子，让那位推销员仔细检查了一遍，证明并无胎痣，然后把推销员的钱收了起来。事后，他拨通了CEO的电话，洋洋得意地告诉他说："你知道吗？那位推销员被我整治了一下。"

"怎么回事？"

于是总经理把事情的经过讲了一遍。CEO叹了口气回答说："他出发到你那里之前，同我赌1000美金，说在见到你的五分钟之内，一定能让你把屁股给他看。"

停了一会儿，CEO又说："不过，我和董事长打赌5000美元，说你会让这个推销员参观你的屁股。"

在这场环环相扣的博弈中，每个人都很聪明，但每个人又都是笨蛋，因为他们在把别人当做筹码的同时，又成为别人赌局中的一个筹码。但是笨蛋又有大小之分，整场博弈中的最大赢家，实际上不过是损失最小的那个笨蛋而已。

❀ 安　东

🌹 财商小语 🌹

笨蛋也有大小之分，这是一个新鲜的概念。故事中每个人都有赚有赔，分别只是赚得多还是赔得多。从赚钱金额来说，CEO是最大的赢家；但从只赚不赔的角度来看，推销员是最小的笨蛋。我们所要学会的，就是成为"最小的笨蛋"。　　　（陶　然）

他们用沙来筑屋，
玩弄着空空的贝壳。
他们用落叶编成船，
笑着让它们漂浮在深海里。
　　　　　　——[印度]泰戈尔

财商最青睐的好习惯

富兰克林被誉为美国的"建国之父"之一，
是一位杰出的成功人士。
他从小养成的做事认真、勇于负责的习惯，
为他的成功打开了大门。个性决定理念，
理念决定习惯，而习惯则决定成败。
高财商的人不仅要有良好的消费习惯、理财习惯，
一些平日里的生活习惯、工作习惯乃至思考的习惯，
也往往决定着财富的走向。
是让财富走向我们，
还是离开我们，
要看我们的习惯。

大 器 之 材

我当时心里便应该有数,这小家伙决心如此坚定,则天下无不可为之事。

1965 年,我在西雅图景岭学校图书馆担任管理员。一天,有同事推荐一个四年级学生来图书馆帮忙,并说这个孩子聪颖好学。

不久,一个瘦小的男孩来了,我先给他讲了图书分类法,然后让他把已归还图书馆却放错了位置的图书放回原处。

小男孩问:"像是当侦探吗?"我回答:"那当然。"接着,男孩不遗余力在书架的迷宫中穿来插去,小休时,他已找出了三本放错地方的图书。

第二天他来得更早,而且更不遗余力。干完一天的活后,他正式请求我让他担任图书管理员。又过两个星期,他突然邀请我上他家做客。吃晚餐时,孩子母亲告诉我他们要搬家了,到附近一个住宅区。孩子听说转校却担心:"我走了谁来整理那些站错队的书呢?"

我一直记挂着他。但没过多久,他又在我的图书馆门口出现了,并欣喜地告诉我,那边的图书馆不让学生干,妈妈把他转回我们这边来上学,由他爸爸用车接送。"如果爸爸不带我,我就走路来。"

其实，我当时心里便应该有数，这小家伙决心如此坚定，则天下无不可为之事。我可没想到他会成为信息时代的天才、微软电脑公司大亨、美国首富——比尔·盖茨。

✳ ［美］卡菲端

🌸财商小语🌸

很多事情，在做的过程中都会遇到挫折与阻拦，这就需要我们有一个良好的心态，有执著稳定、全力以赴的好习惯。做到执著稳定，就能把事情坚持到底，这就成功了一半；全力以赴，就能扫尽道路上的一切困难，这就成功了另一半。

（采 露）

打 水 桶

老二换了个方式，虽然每次都只能打上来一点点，但是终于打满了一桶水。

小时候家里条件挺不错的，所以养成了一种花钱收不住手的习惯。我总是满不在乎地花光自己赚来的钱，到了手上没钱的时候，就给家里打电话。虽然我每次都对爸爸说这是最后

一次了，可是每次都会打破自己的承诺。

　　有一天我又打电话给家里，是妈妈接的电话，妈妈说爸爸存钱的那家银行已把爸爸的支票本收回去了，因为爸爸手上没有多少钱了，他不办厂子之后，一直都是在吃老本儿。我叹了一口气说，那就不必让家里给我寄钱了，我自己省着点花吧。

　　但是妈妈还是把钱寄来了，在汇款单的后面，妈妈别出心裁地写了这样一句话：孩子，记住打水桶的故事。

　　我突然想起小时候听来的一个故事。有两个兄弟，老大家很富有，老二家很穷。有一天老二去老大家里借钱，老大答应了，但是提出了一个要求说："你拿那两只桶去打水，打满一桶水回来就借钱给你。"老二看了看两只桶，打水桶是有底的，装水桶的底却是破的。老二每次打满一桶水，却在装水桶里流个干净。

　　怎么办呢？老二换了个方式，把装水的桶换成打水的桶。虽然每次都只能打上来一点点，但是终于打满了一桶水。

　　这时候老大来了，对他说："你看，打水桶有底，而装水桶的底却是破的，你一辈子也装不满一桶水，而装水桶有底，打水桶底破，你却能积满一桶。我可以借钱给你，但你自己想想如何花钱吧。"

　　　　　　　　　　　　　　　　　　　　❀ 乱七八糟

🌺财商小语🌺

　　我们手里的零花钱就是那个"可以装水的桶"，怎么样才能让"桶"的底儿不破，让"桶"里积攒的越来越多呢？这就需要为零花钱做计划，养成合理安排零花钱的好习惯。

　　　　　　　　　　　　　　　　　　　　　　　（采　露）

第一桶金只有十几元

再苦再难的事，只要自己不放弃，就能坚持下来；而只要坚持下来，就能成功。

曾经有个记者问我："你创办新航道学校，也算个企业家了，你的第一桶金是多少？是怎么挖到的？"在他看来，我的第一桶金一定赚了不少钱。

当时我这样回答他："我的第一桶金只有十几块钱，是一担一担地挑土挣的。"他听后摇摇头。

我说的是真的。那是我生平挣的第一笔钱，数目不大，对我的人生而言，却价值不菲。

那年我12岁，初二上学期刚上完。寒假中，我向父母提出要打一份工给自己赚学费。父母起初不同意，因为当时在乡下只有体力劳动能够赚一点钱。但禁不住我的再三请求，他们终于答应让我试试。

村子附近的沱江正值枯水期，河床露出来，下面厚厚的黄土，是砖瓦厂烧制砖瓦的原料，村里许多人都趁着农闲去挣这份辛苦钱。父母便让我也去给砖瓦厂挑土，反正是按重量计价，挑多赚多，挑少赚少，自己可以量力而为。当时正好有一个外村来找活儿干的表叔也要去挑土，父母就让我和他一起去。

第一天，我拿了锄头和竹筐跟着村里的人下了河床。湖南

的冬季空气湿度大，风一吹寒冷刺骨。但为了方便干活我只穿了件衬衫，冻得直哆嗦。从挖土的河床到收土过秤的地点有一公里多路，还要爬上高高的河岸，劳动强度很大。在长蛇阵一般的挑土队伍中，我的年龄最小，个头最矮，挑着的担子一路歪斜着，根本就不敢停步，生怕放下担子就再也没有力量挑起来。好不容易走到收土的地方，因我的个子太矮，踮起脚，竹筐也挂不到秤钩上，司秤阿姨拿过几块砖让我踩上去，才把土称了。

一天下来，肩膀肿了，担子一压上去就针刺一样疼。晚上回到家浑身上下没有一块肌肉不酸痛。第二天早上我费了好大的劲才从床上爬起来，胳膊疼得不行，腿又酸又胀，肩膀好像比前一天更痛。真想好好休息一下，可是我感觉到只要自己一休息，肯定就不会再去挑土了，今天坚持不住，前一天付出的努力就白费了。吃完早饭我拿了工具又直奔河床。第二天干下来，手上的血泡和肩膀上的皮肤全都磨破了，火辣辣的痛，苦得简直没法说，晚上躺在床上我偷偷问自己："明天还干吗？"

第三天早上，和我一起挑土的表叔先打了退堂鼓："实在干不动，太累了！"他的手上也磨出了血泡，肩膀上磨掉了一层皮。送走表叔，父母让我不要再去挑土了。这时候我的犟脾气却让我不服输：我就不信坚持不下来。

那挑土的长蛇阵中，只有一半的人坚持到了最后一天，我就是其中的一个。我的手上已经长出了老趼，肩膀早被压麻木了。

砖瓦厂年三十发工钱。为了领钱，我刻了生平第一枚私章，看着上面的"胡敏"两个字，我特别有成就感。当我把十几元钱交给母亲时，我看见眼泪在她的眼睛里打转，我也不由得笑着流出了眼泪，我终于可以挣钱帮补家用了。

按照家乡的规矩，年三十晚必须洗一个澡，换一身干净衣服。脱衣服时我才发现，肩膀上结了一层厚厚的血痂，这层血痂已经跟身上穿的衬衫粘在了一起，不用说脱衣服，一拉都痛得钻心。我不想让母亲看到这些，就简单擦洗了一下，之后把新换的衣服直接套在了旧衬衫上。

晚上母亲洗衣服，找不见旧衬衫，就问我："你那旧衬衣呢？"

我说："我放在那里了。"

"在哪里呀？"母亲来回翻找。

我看瞒不过去，才说还穿在身上。

母亲让我把旧衬衫脱下来，我脱下了外面的衣服，露出了那件脱不下来的旧衬衫。当母亲见到衬衫上的血痂，泪水一下就涌了出来。

我平生挣的这第一笔钱，十几块钱，挣得很辛苦，真的是血汗钱。但正是挣这第一笔钱的经历，让我明白了一个道理：再苦再难的事，只要自己不放弃，就能坚持下来；而只要坚持下来，就能成功。

❋ 胡 敏

🌸财商小语🌸

执著是成功的关键，我们如何做到执著呢？那就是不怕苦不怕累，具有一定要成功的信念。如果我们做到了，就能取得别人不能取得的成绩。学习也是一伴艰苦的事情，但是，只要我们坚持下来，不怕苦和累，一定会取得成功。

（采 露）

机会只青睐有准备的人

他去世后，墓碑上只简单刻着"富兰克林，印刷工人"几个字。

18世纪，印刷厂大多是手工小作坊。作坊主往往同时也是印刷工。当时有个叫安德鲁·布莱德福特的人，手里有一份让所有印刷商眼红的合同——他包揽了所有印制宾夕法尼亚州政府文件和宣传品的活儿。虽然布莱德福特的印刷厂秩序混乱，印刷质量不高，但因为有了合同，他感觉高枕无忧。

有一次，一位宾州政府官员要在大会上宣读一篇重要的致辞，要求布莱德福特为他印制发言稿。布莱德福特又和从前一样，把文件马马虎虎排版，草草地印刷出来。

另一名年轻的印刷商，注意到布莱德福特的弱点，知道他一直等待的机会来了。年轻人找来官员致辞的原稿，费尽心思地把版式设计得优美大方，又严谨地依照原稿一遍遍核对印刷品上的字。然后他把自己印制的内容精确、样式美观的致辞，送到每位政府官员手里，同时附上自己对官员致辞的见解。他还给每位参加会议的人也发了一份，并在致辞后面附上一段话，感谢他们对宾州的关心。

可想而知，第二年政府就和这个年轻人签订了印刷合同。

这个年轻人就是本杰明·富兰克林。

富兰克林懂得等待时机，更懂得如何利用它。再往后的故事众人皆知：年轻人靠自己的努力，一点点从印刷工成长为作家、科学家、外交家、发明家和音乐家，并参与起草了《独立宣言》。但他去世后，墓碑上只简单刻着"富兰克林，印刷工人"几个字。

✱ [美]本杰明·布朗　荣素礼/编译

🌹财商小语🌹

我们可以从富兰克林身上学到很多东西：比如要学会等待时机；一个人要不断地努力，不断地与更高的追求。但令人感受最深的，还是他那对待工作、对待人生的态度，即力图完美，精益求精。试想，这样的人，谁不愿意和他合作呢？　　　　（赵　航）

他终于成了富翁

成功的捷径就在你的身边，那就是勤于积累，脚踏实地。

很久以前，泰国有个叫奈哈松的人，一心想成为大富翁，他觉得成功的捷径便是学会炼金术。他把全部的时间、金钱和

精力都用在了炼金术的实践中。不久,他花光了自己的全部积蓄,家中变得一贫如洗,连饭也吃不上了。

妻子无奈,跑到父母那里诉苦,她父母决定帮女婿改掉恶习。他们对奈哈松说:"我们已经掌握了炼金术,只是现在还缺少炼金的东西。""快告诉我,还缺少什么东西?""那好吧,我们可以让你知道这个秘密,我们需要3公斤从香蕉叶下搜集起来的白色绒毛,这些绒毛必须是你自己种的香蕉树上的,等到收齐绒毛后,我们便告诉你炼金的方法。"

奈哈松回家后立即将已荒废多年的田地种上香蕉。为了尽快凑齐绒毛,他除了种自家以前就有的田地外,还开垦了大量的荒地。

当香蕉成熟后,他小心地从每张香蕉叶下收刮白绒毛,而他的妻子和儿女则抬着一串串香蕉到市场上去卖。就这样,10年过去了,他终于收集够了3公斤的绒毛。这天,他一脸兴奋地提着绒毛来到岳父母的家里,向岳父母讨要炼金之术,岳父母指着院中间的一间房子说:"去把那边的房门打开看看。"

奈哈松打开那扇门,立即看到满屋的黄金,他的妻子和儿女都站在屋中,妻子告诉他:这些金子都是他10年里所种的香蕉换来的。面对满屋实实在在的黄金,奈哈松恍然大悟。从此,他努力劳作,终于成了一方富翁。

现实生活中,人人都有梦想,都渴望成功,都想找到一条成功的捷径。其实,捷径就在你的身边,那就是勤于积累,脚踏实地。

潘 杨

❀财商小语❀

古往今来,无数的人痴迷于所谓的"炼金术",结果只能落得家贫如洗,一无所有。现在的"炼金术",也可以指那些不愿付出劳动和智慧,就想得到巨大回报的不切实际的想法。试想,如果不勤于积累,脚踏实地,又怎么可能获得成功呢?　　　（赵　航）

努力尝试才能成功

只要你努力工作并专心致志,你就会成功!

12 岁时,我们家迁到田纳西州的诺克斯维尔,我设法使一位餐馆老板相信我已 16 岁,他才雇我做便餐柜台的招待,每小时 25 美分。

餐馆老板弗兰克和乔治·霍杰斯兄弟是希腊移民,刚来美国时,他们曾干过洗盘子和卖热狗的工作。他们极为坚强,并为自己定下了非常高的标准,但从来不要求雇员做他们自己做不到的事。

弗兰克告诉我:"孩子,只要你愿意努力尝试,你就能为我工作;如果你不努力尝试,你就不能为我工作。"他所说的努力尝试包括从努力工作到礼貌待客等一切内容。当时通常的小

费是一个 10 美分的硬币,但如果我能很快把饭菜送给顾客并服务周到,有时就能得到 25 美分小费。我记得我曾试试看自己一个晚上能接待多少顾客,结果创下了 100 位的纪录。

通过第一份工作,我认识到,只要你努力工作并专心致志,你就会成功!

✳ [美]戴维·托马斯

🌹财商小语🌹

　　"条条大路通罗马。"同样,通往成功的道路也不止一条。也可以这样说,每个人都有一条适合自己的成功路。但是,有的人找到了,有的人却一辈子也没有找到。找到的人,不是因为他幸运,而是他将不断尝试着寻找新路当成一种人生的习惯。　　(赵 航)

尊重别人的姓名

卡内基"尊重别人姓名"的本事,使他以名得利,最后建立了他自己的钢铁王国。

　　美国钢铁大王卡内基在他 10 岁时,曾经无意间得到一只母兔子。不久,母兔生了一窝小兔,但他的零用钱有限,实在没有足够的钱买食物来喂这窝小兔子。于是,他想出了一个主意:他告诉邻居小朋友，只要他们肯拿食物来喂小兔子，他将用小朋友的名字为小兔子命名。小朋友们立刻踊跃提供食物。这件事给卡内基留下极深刻的印象——人们对自己的姓名非常在意。

有一次，卡内基与布尔门铁路公司竞标太平洋铁路的卧车合约，双方不断削价并均已无利可图。一天，卡内基与布尔门在一家饭店门口巧遇。卡内基对布尔门说："我们这不都在作践自己吗？"布尔门说："你此话何意呢？"卡内基向布尔门陈述恶性竞争的坏处，并提议彼此化解前嫌，携手合作。布尔门认为有点道理，就问道："如果我们合作的话，新公司的名称叫什么好呢？"

卡内基想起兔子的往事，他果断地回答："当然要叫'布尔门卧车公司'啦！"卡内基的回答，使布尔门的双眼顿时发亮，两人很快达成了合作的协议。

卡内基"尊重别人姓名"的本事，使他以名得利，最后建立了他自己的钢铁王国。

❋ 天 戈

🌸财商小语🌸

在矛盾和分歧面前，你是否选择退一步呢？如果退一步没有对我们造成任何损失，而且还有收获的话，退一步又有什么关系呢？成功并不意味着一味地勇往直前，有的时候，适时的避让，寻求合作会带来更大的收获。

（陈 牧）

电梯原则

就这 10 多秒钟？你必须说出报告的主要观点，还要争取他的认可和支持？

"电梯原则"来自前几年非常流行的一本书《麦肯锡观点》。

这个故事的大意是：你是某个咨询公司的经理，为了一个重要的项目你们日夜工作了 3 个月，准备了厚达 300 页的报告，当然还有几箩筐的原始资料。

客户对提案也非常重视，安排了公司所有高管出席，并请到了 CEO 以及董事会的主要成员。

提案当天你们神采奕奕，准时到达客户会议室，做好一切准备工作。CEO 和高管们也已经落座，他们将目光投向你，期待着你精彩的报告。

突然董事会秘书匆匆走进办公室，对 CEO 耳语几句，他对你点头表示歉意后离开会议室，5 分钟后他们回来，说道："非常抱歉，今天的报告不得不终止，因为我们有个非常紧急的事情，我必须马上飞去纽约。"

在你们无奈的眼神中，他们匆忙离开。然而就在 CEO 冲进电梯的那一刻，"等等，"他挡住电梯门，对你招手，"能否利用我到停车场的时间，说说你们报告的主要内容？"

就这 10 多秒钟？你必须说出报告的主要观点，还要争取他的认可和支持？你感觉血一下子冲上脑门，然而，没有第二次机会了，你马上冲进电梯，门一关上，你就转过身对着这一群人说："我们认为……"

这就叫做"电梯原则"。

❋ 阿 呆

🌸财商小语🌸

你能够用一句话或者几句话，准确地表达你的观点吗？如果可以，那你至少是一个惜时如金的人。不仅不耽误自己的时间，还节省别人的时间。如果人人都能重视"电梯原则"，那我们的学习以及将来的工作效率不知道能提高多少倍！　　（采 露）

别让时间掌控你

做时间的主人，别让时间做你的主人。

有个创意家，一直给人悠闲无事的感觉，但收入却不少。记者问他是怎么做到的？他说："做时间的主人，别让时间做你的主人。"

这话听起来有些玄妙，意思是说，你可以决定什么时间做什么事，而不是让时间来决定你应该做什么事。

时间对他而言只是桥梁，通过它，可以找到更合适的生活，而不仅仅是谋取财富。在他看来，时间还有更重要的使命："有时间的人是活人，没有时间的人是死人。"

宋国大夫戴盈之曾对孟子说："现在的赋税太重了，很想按照以前的井田制度，只征收十分之一的税，但是目前执行起来有困难，只能暂时减一点，明年再看着办，你以为如何？"

孟子不置可否，只举了个例子："有一个小偷，每天都偷邻居的鸡，别人警告他，再偷就将他送官，他哀求说，从今天开始，我每个月少偷一只，明年就洗手不干了，可以吗？"

❋ 游乾桂

🌹财商小语🌹

时间对每个人都是公平的。但是每个人利用时间的方法和效率却各有不同。同样的时间，由于利用方法的不同，会有截然不同的收获。如何才能收获更多一点呢？做时间的主人吧！只要你定计划、讲效率、有方法，你就一定能成功，当然，最重要的一点，那就是马上去做！

（赵 航）

差　别

此时老板转向了布鲁诺，说："现在您肯定知道为什么阿诺德的薪水比您高了吧？"

两个同龄的年轻人同时受雇于一家店铺，并且拿同样的薪水。

可是一段时间后，叫阿诺德的那个小伙子青云直上，而那个叫布鲁诺的小伙子却仍在原地踏步。布鲁诺很不满意老板的不公正待遇。终于有一天他到老板那儿发牢骚了。老板一边耐心地听着他的抱怨，一边在心里盘算着怎样向他解释清楚他和阿诺德之间的差别。

"布鲁诺先生，"老板开口说话了，"您现在到集市上去一下，看看今天早上有什么卖的。"

布鲁诺从集市上回来向老板汇报说，今早集市上只有一个农民拉了一车土豆在卖。

"有多少？"老板问。

布鲁诺赶快戴上帽子又跑到集市上，然后回来告诉老板一共 40 袋土豆。

"价格是多少？"

布鲁诺又第三次跑到集市上问来了价格。

"好吧，"老板对他说，"现在请您坐到这把椅子上一句话也不要说，看看别人怎么说。"

阿诺德很快就从集市上回来了，向老板汇报说到现在为止只有一个农民在卖土豆，一共 40 口袋，价格是多少多少；土豆质量很不错，他带回来一个让老板看看。这个农民一个钟头以后还会弄来几箱西红柿，据他看价格非常公道。昨天他们铺子的西红柿卖得很快，库存已经不多了。他想这么便宜的西红柿老板肯定会要进一些的，所以他不仅带回了一个西红柿做样品，而且把那个农民也带来了，他现在正在外面等回话呢。

此时老板转向了布鲁诺，说："现在您肯定知道为什么阿诺德的薪水比您高了吧？"

✳ [德]布鲁德·克里斯蒂安森　华　霞/译

🌺财商小语🌺

每一天都是新的太阳，每天的生活都是变化多样的。需要我们多学，多问，多听，多想，多观察。从小做个"有心人"，才能在未来的竞争中占有先机。

（赵　航）

一美元与八颗牙

抓好每一件小事方能砌就通向成功的阶梯。

1962 年 7 月，在美国西北部一个叫本顿维尔的小镇上，一家名为沃尔玛的普通商店开业了，如今，沃尔玛早已成为全球最大的商业连锁集团。

我对沃尔玛连锁店的最初认识还是十几年前在国外生活时。当我第一次走入沃尔玛连锁店时，先是被它巨大的面积所震惊，继而为它的便宜价格所打动。同样一件商品，沃尔玛的售价至少会比其他店便宜 5%，但是给我印象最深的还是每一个售货员的微笑，那样亲切自然。此后，每次去美国，我都会选择去沃尔玛店购物，享受一个消费者内心的满足。

后来我才知道，沃尔玛经营宗旨之一便是"天天平价"。老板沃尔顿常常告诫员工："我们珍视每一美元的价值，我们的存在是为顾客提供价值，这意味着除了提供优质服务外，我们还必须为他们省钱。每当我们为顾客节约了一美元时，那就使自己在竞争中领先了一步。"

为了不愚蠢地浪费一美元，沃尔顿身先士卒。他从不讲排场，外出巡视时总是驾驶着最老式的客货两用车。需要在外

面住旅馆时,他总是与其他经理人员住的一样,从不要求住豪华套间。

为了赢得这一美元的价值,沃尔玛实行了全球采购战略,"低价买入,大量进货,廉价卖出"。沃尔玛中国采购总监芮约翰每到一地,都要察看各家商店,认真比较价格,选择合适商品。

价格与服务是沃尔玛赢得竞争的两个轮子。已在中国工作了五年的芮约翰说:"你知道我们有一个微笑培训吗? 必须露出八颗牙齿才算合格。你试一试,只有把嘴张到露出八颗牙齿的程度,一个人的微笑才能表现得最完美。"我不禁回想起初识沃尔玛时的印象,原来售货员那一颦一笑都有着如此严格的规定。

做生意自然要追求利润的最大化,而实现最大化的目标则要从最小化的具体行动开始。经营节约一美元与微笑露出八颗牙,抓好每一件这样的小事,企业方能砌就通向成功的阶梯。

❋ 陈　颐

🌀财商小语🌀

沃尔玛超市用一美元与八颗牙赢得了市场,获得了成功。他们的成功经验其实可以概括为三点:物美、价廉、服务好。其实,不管我们做什么,无论学习、生活,还是将来的事业,只要我们付出努力,注重品质,就一定会取得好成绩,获得他人的认可。

(赵　航)

两元钱的迹象

从那两元钱里,我建立了对他的信任。出于一种直觉,我相信这个小伙子的生意会做大。

1994 年,我买第一台电脑的时候,珞瑜路的电脑城刚刚开始兴旺。那幢八层高的大楼底下三层全是密密麻麻的电脑公司,有的卖品牌机,有的卖兼容机,更多的,是一些卖耗材的小公司。

小公司小到放下一张电脑桌后,另外的空间就只能容两三个顾客同时站在那里,连转身都有些困难。那个小伙子也有一间这样的公司,他卖的是鼠标、键盘之类的配件。

有一次,我在他那里买了一枚螺丝钉。

回家后,发现这个螺丝钉与螺丝孔不匹配,于是,到电脑城去重买。因为没有带螺丝孔,我也说不清究竟想要什么样的螺丝钉,一再地解说之后,我和他都很茫然。"得,我跟您去看一趟。"这个小伙子热情地说,好在我家就在附近的大学里,骑着自行车很快就到了。他仔细地看了我的主机、主板之后,从他的随身包里掏出一个螺丝钉来说,应该是这种型号的。

一试,果然对得上。

那个螺丝钉只要两元钱,我付过钱,准备送他走。

这时,小伙子又问我:"那你原来那个螺丝钉还有没有用?"

"没用了。"我说。

"请你把它给我吧，它对我还有用。"

好吧，物尽其用嘛，我把那个螺丝钉给了小伙子。小伙子把螺丝钉放进包里，再递给我两元钱。

"这是你的。"他笑着说。

"不用了。"我推让。

"不，这个钱当仁不让是属于你的。"

我只好接过钱，以及那个小伙子随钱一起递过来的名片。

后来，只要我的电脑有什么问题，要买什么耗材，我第一个想到的就是那个小伙子。从那两元钱里，我建立了对他的信任。出于一种直觉，我相信这个小伙子的生意会做大。

10年过去了，我家里的电脑从兼容机到品牌机再到笔记本电脑，换了好几代。那座电脑城也扩大了，珞瑜路成了电脑一条街，而那个小伙子在这里拥有了自己的两家电脑公司，当然是大得多的公司，他把他的弟弟及家人都从浙江带到了武汉，和他一起干。

而这一切在10年前那枚小小的螺丝钉里就看到了迹象。

一枚小小的螺丝钉，可以见证一个人的品性与成功。

❋ 雪淙淙

🌹财商小语🌹

　　一件小事就可以见证一个人的品行；一句话就可以看出一个人的修养；一个细节就能决定一个人的命运。故事中的小伙子很注意细节，就是这两元钱让他赢得了别人的信任。诚信就像一块磁石，可以深深吸引着对方。只有讲诚信的人，才能在人生的舞台上站稳脚跟。

（赵　航）

闪亮你的人格魅力

朋友说，当他看到那位老总双手递食物给乞丐的一刹那，差一点就热泪奔流。

这个故事是作者的一个朋友的经历。

有一次他与一位台商老总谈业务，午餐时在酒店点了菜品，该老总指着雅座中的酒水说："请随意饮用，我们不劝酒。"朋友知道很多南方商人商务会餐时绝不饮酒，也客随主便，草草用饭。席间酒店服务生端来一道特色菜，那位老总礼貌地说："谢谢，我们不需要菜了。"服务生解释说这道菜是酒店免费赠送的，那老总依然微笑着回答说："免费的我们也不需要，因为吃不了，浪费。"

饭毕，老总将吃剩的菜打了包，驱车载着朋友出了酒店。

一路上，那位老总将车子开得很慢，四下里打量着什么。朋友正纳闷时，老总停下车子，拿了打包的食物，下车走到一位乞丐跟前，双手将那包食物递给乞丐……

朋友说，当他看到那位老总双手递食物给乞丐的一刹那，差一点就热泪奔流。

这是何等的素质？午餐不饮酒是对工作负责；赠菜不受，是杜绝浪费；饭菜布施是充满爱心；而双手递食物给乞丐，则

是对别人的尊重。一个具备了如此素质的人,如何能够不成功呢?

❋ 本　辉

🌹财商小语🌹

　　如果有一天,你成了叱咤商场的风云人物,你会怎样安排自己的生活和工作呢? 这位台湾老总的做法启示我们: 要做到对工作负责,杜绝浪费,尊重他人。做到这三点,不管做什么事情,都一定会取得成功的,同时,也会更容易赢得别人的尊重。

（赵　航）

第**5**辑

从小就像富人一样思考

一位头顶博士帽、领取高薪却花钱如流水的父亲，

终其一生，疲于奔命，

仅为儿孙留下大堆的债务；

另一位学历不高但擅长理财的父亲，

敢做金钱的主人，

最终实现了财务自由，

生活温馨又从容。

"穷爸爸"和"富爸爸"的故事告诉我们，

不同的思考方式，决定了富裕的程度。

富人的优势在于，

他的思考方式能够创造财富、保存财富。

从现在开始改变自己的观念，

让我们从小就养成像富人那样思考的好习惯。

商人和小贩

这样的人，生活中还真不少，因为一时的贪婪，卖掉了本不该卖的东西，最后，却要花出多倍的代价来赎回。

有一位商人和一位卖烧饼的小贩同时被洪水困在一个野外的山冈上。

洪水不知道什么时候才能退去。过了两天，商人身上所带的食物都吃光了，他饿得受不了了。而小贩手里还有一大袋烧饼。

于是，商人提出一个建议，要用 10 块钱买烧饼贩子的一个烧饼。到哪里还能有这么便宜的事情？但烧饼贩子却不同意。他认为发财的机会到了，就提出要买下他所有的烧饼才行。商人同意了。

又过了一天，洪水还是没有退下去。商人吃着从烧饼贩子手里买来的烧饼，而烧饼贩子则饿得饥肠辘辘。最后他实在忍不住了，希望从商人那里买回一点烧饼。商人答应了，但告诉小贩，他得出 50 元钱才能买到一个，小贩只好硬着头皮答应了。

又过了好几天，洪水终于退去了，烧饼也都全部吃光了。商人不只从小贩那里收回了他买烧饼的钱，反而白白多得了好几百元。

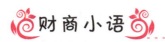

财商小语

因为贪心，小贩卖掉了自己所有的烧饼，自认为大赚了一笔，没想到最后自己也要吃烧饼。生活中的许多事情都是这样，往往因为一时的贪婪而损失更多，所以在追求财富的过程中，切不可贪得无厌，否则你就会像这个小贩一样一无所得。

（赵　航）

老外买柿子

生活在当今这个世界，光会种"柿子"，只知道"柿子"值钱那是远远不够的啊。

美国的一个摄制组，想拍一部中国农民生活的纪录片。他们来到中国某地农村，找到一位柿农，说要买他 1000 个柿子，请他把这些柿子从树上摘下来，并演示一下贮存的过程，谈好的价钱是 1000 个柿子给 160 元人民币，折合 20 美元。

这位柿农很高兴地同意了。于是他找来一个帮手，一人爬到柿子树上，用绑有弯钩的长竿，看准长得好的柿子用劲一拧，柿子就掉下来。下面的一个人就从草丛里把柿子找出来，捡到一个竹筐里。柿子不断地掉下来，滚得到处都是。下面的

人则手脚飞快地把它们不断地捡到竹筐里，同时还不忘高声大嗓地和树上的人拉着家常。在一边的美国人觉得这很有趣，自然全都拍了下来。接着又拍了他们贮存柿子的过程。

美国人付了钱就准备离开，那位收了钱的柿农却一把拉住他们，说你们怎么不把买的柿子带走呢。美国人说不好带，也不需要带，他们买这些柿子的目的已经达到了，这些柿子还是请他自己留着。

天底下哪有这样便宜的事情呢？那位柿农心里想。于是他很生气地说："我的柿子很棒呢，质量好得很，你们没理由瞧不起它们。"美国人耸耸肩，摊开双手笑了。他们就让翻译耐心地跟柿农解释，说他们丝毫没有瞧不起他这些柿子的意思。

翻译解释了半天，柿农才似懂非懂地点点头，同意让他们走。但他却在背后摇摇头感叹说："没想到世界上还有这样的傻瓜！"

那位柿农不知道，他的1000个柿子虽然原地没动就卖了20美元，但那几位美国人拍的他们采摘和贮存柿子的纪录片，拿到美国去却可以卖更多更多的钱。

那位柿农不知道，在那几个美国人眼里，他的柿子并不值钱，值钱的是他们那种独特有趣的采摘、贮存柿子的生产方式。

那位柿农不知道，一个柿子在市场上只能卖一次，但如果将柿子制成"信息产品"，一个柿子就可以卖一千次一万次甚至千千万万次。

那位柿农很地道，很质朴，很可爱，但他在似懂非懂的情况下就断定别人是傻瓜，他的可爱也就大打折扣了。

这样的"柿农"，乡村里有，城市里也有。生活在当今这个世界，光会种"柿子"，只知道"柿子"值钱那是远远不够的啊！

❀ 子　荣

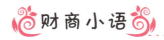

财商小语

　　财商就是一种财富智慧，用头脑来赚钱。学会换一种思维换一个方式，我们会收获更大的财富。

（赵　航）

富翁的西瓜

> 要想成功，就要学会放弃，只有放弃眼前的小利，才能获得长远的大利益。

　　一个年轻人非常羡慕一位富翁取得的成就，于是他跑到富翁那里去询问他成功的诀窍。

　　富翁弄清楚了青年的来意之后，什么也没有说，只是转过身从厨房拿来一个大西瓜，青年有些疑惑不解，不知道富翁要做什么，他只是睁大眼睛看着，只见富翁把西瓜切成了大小不同的三块。

　　"如果每块西瓜代表一定的利益，你会如何选择呢？"富翁一边说一边把西瓜放在青年的面前。

　　"当然选择最大的一块！"青年毫不犹豫地回答。

　　富翁又笑了笑说："那好，请用吧！"

　　于是，富翁把最大的那块递给了青年，自己却吃了最小的

一块。当青年还在津津有味地享用最大的那一块时，富翁已经吃完了最小的那一块。接着，富翁很得意地拿起了剩下的一块，还故意在年轻人眼前晃来晃去，然后，又大口大口地吃了起来。

其实，最小的那一块和最后的那一块加起来的分量比最大的那一块要大得多。青年马上就明白了富翁的意思：富翁开始吃的那块瓜虽然没有自己吃的那块大，可是最后却比自己吃得多。

如果每块西瓜都代表一份利益，那么富翁赢得的利益自然要比自己的多。

吃完西瓜，富翁讲述了自己的成功经历，最后对青年语重心长地说：“要想成功，就要学会放弃，只有放弃眼前的小利，才能获得长远的大利益，这就是我的成功之道。”

❋ 澜 涛

🌹财商小语🌹

如果富翁选择那块最大的西瓜，那他将不可能得到第三块西瓜。我们在学习、生活中，也经常会遇到同样的难题，是先玩乐还是先学习？聪明人会选择先学习，表面上看，你放弃了眼前的玩乐，其实，等你将来学业有成之后，再尽情地玩乐也不迟。

（曹 强）

船王丹尼尔的借钱经历

当我们发现一件事情是正确的时候，应该坚持自己的主张，排除困难，一以贯之地做下去，直到成功。

世界上私人船只吨位的第一人是美国的丹尼尔·路维格，提起他的创业史，丹尼尔说，企业的成败更重要的是看管理者的财富智商，高财商的管理者能够使企业兴旺发达。

丹尼尔·路维格发展自己的事业，靠的是巧妙地向银行借钱。一次，丹尼尔·路维格发现用轮船载油比载货更有利可图，可是由于资金有限，他不可能买到一艘油轮，于是打算买下一艘货船，再改装成油轮。可是钱从哪儿来呢？丹尼尔·路维格想到了银行贷款，于是开始跑银行借钱。

他接连到纽约的几家银行谈借钱的事情，可是人家一看到衣衫破旧的他，便不屑一顾地问道："你有抵押吗？"丹尼尔力争说服银行："我把货轮买下来之后，立即改装成油轮，我已经把这艘还没有买下来的船租给了一家石油公司，他们每月付给我的租金，正好可以每月分期还我要借的这笔款，我可以把租契交给银行，由你们去那家石油公司收租金，这样就等于分期还款了。"尽管丹尼尔认为自己的计划很合理，可是他所到的银行无一不认为他的这种做法荒唐可笑，而且根本没有信用可言。然而，丹尼尔并不灰心，他又跑到大通银

行，对他们的总裁如此宣传了一番，大通银行总裁终于被丹尼尔所打动，心想："假如这个人把货轮改成油轮的做法失败了，只要这艘船和石油公司存在，银行就不怕收不到钱，就相信他一回吧。"

就这样，丹尼尔硬是凭自己的嘴皮子获得了他的第一笔资金，他的精明之处就在于利用那家石油公司的信用来增强自己的信用。此后，丹尼尔不断用这种方法买船、改装，再租出去，并利用这些船做抵押又借来一笔新款，再如此循环，每当丹尼尔还清一笔贷款后，他就成了这条船的主人，租金不再被银行拿走，而是放入了他自己的腰包。

谈到最初的借钱的经历，丹尼尔说："要取得金钱不是一件容易的事，人们在获取金钱、创造财富，管理、运用金钱上是有很大的差别的。有些人一生奋斗，但常常与金钱擦肩而过，而有些人却可以从一文不名到腰缠万贯，这其中固然有机遇的原因，但我认为，我之所以能用借的钱来发展我的事业，更多地源于我获得财富的方式和技巧。可以说，一个企业管理者财富智商的高低与企业息息相关。"

财商小语

丹尼尔早期的成功，得益于他的借钱技巧和眼光，他能够一眼看出油轮比货轮赚钱多，并且敢于把自己的调查付诸行动，并坚持不懈地努力下去。当我们认定一件事情是正确的时候，也应该像他一样，坚持自己的主张，排除困难，一以贯之地做下去，直到成功。

（赵　航）

需要肥识

一个园艺师向一个日本企业家请教说："社长先生，您的事业如日中天，而我就像一只蚂蚁，在土里爬来爬去的，没有一点儿出息，什么时候我才能赚大钱，能够成功呢？"

企业家对他和气地说："这样吧，我看你很精通园艺方面的事情，我工厂旁边有 2 万平方米空地，我们就种树苗吧！一棵树苗多少钱？"

"40 元。"

企业家又说："那么以 1 平方米地种两棵树苗计算，扣除道路，2 万平方米地大约可以种 2.5 万棵，树苗成本刚好 100 万元。你算算，3 年后，一棵树苗可以卖多少钱？"

"大约 3000 元。"

"这样，100 万元的树苗成本与肥料费都由我来支付。你就负责浇水、除草和施肥工作。3 年后，我们就有 600 万元的利润，那时我们一人一半。"企业家认真地说。

不料园艺师却拒绝说："哇！我不敢做那么大的生意，我看还是算了吧。"一句"算了吧"就把到手的成功机会轻轻地放弃了。

❀ 李剑红

财商小语

　　一件事情，在没有做之前，没有人敢肯定会百分之百的成功；但是如果不去做，却百分之百不会成功。不管什么事情，想到了，觉得正确的，就该去做，否则机会失去，将不会再来。就像这个园艺师，一句"算了吧"，使他失去了一个绝好的机会。不要轻言放弃，先试试再说，也许会走出不一样的人生路。　（赵　航）

"热爱"的魔力

有种本事，他没有，我有。如果他能学会那本事，我会毫不犹豫地给他开双倍工资。

　　被誉为"钻石之王"的哈里·温斯顿，除了拥有精湛的技艺和高超的欣赏水平外，还是一位成功的商人。他创立的哈里·温斯顿公司，从一个小作坊发展成世界闻名的珠宝连锁店。在他的众多传奇中，有这样一则耐人寻味的小故事。

　　一次，温斯顿听说有个荷兰富商正在收集某种钻石。温斯顿打电话给这位富商，说哈里·温斯顿公司刚好有这样的钻石，并邀请他来纽约面谈。

　　于是荷兰富商应邀飞到美国。双方见面后，温斯顿让公司的一名专家为富商介绍一颗昂贵的钻石。专家详细地讲解了钻石一流的质地、高科技的切割工艺以及各种珠宝鉴定指数……富商听了，只是点点头。等专家介绍结束后，他站起身说："谢谢你，这确实是很棒的钻石，但不是我想要的。"

一直坐在后排的温斯顿上前拦住富商："让我再给您介绍一下这颗钻石，可以吗？"客人再次坐下。温斯顿从专家手里接过那颗钻石，他没有用任何术语，而是抒发了自己对这颗钻石的热爱：它在阳光下是多么璀璨夺目，它是多么晶莹剔透，它的美是多么令人怦然心动。寥寥数语就打动了荷兰富商，他马上说："请把它卖给我。"

后来，一个助手问温斯顿："为什么顾客已经拒绝了专家，可您几句话就让他改变了主意呢？"

温斯顿说："那位专家是钻石界为数不多的几个权威之一，他对钻石的知识远胜于我，我为此付给他高额的薪水。但有种本事，他没有，我有。如果他能学会那本事，我会毫不犹豫地给他开双倍工资。"

"什么本事？"助手问。

"他了解自己卖的每颗钻石，而我热爱自己卖的每颗钻石。"

❋ [加拿大]迈克·利波夫　荣素礼/译

🌹财商小语🌹

成功者之所以能成功，都有一个共同的原因，那就是对自己所从事的事业的热爱。只有热爱才能全身心地投入其中，获取成功。学习也是如此，热爱才能更有效地提高成绩。　（采露）

一个价值百万的创意

西韦伯提醒他的朋友注意：后来的事实证明，我不是给多了，而是给少了，它至少价值百万。

　　艾维·李是现代公关之父，他认为应该计划好每天的工作，这样才能带来效益。比如，他的一次卖思维案例就非常出色。

　　伯利恒钢铁公司总经理西韦伯，为自己和公司效率极低而十分忧虑，就找艾维·李提出一个不寻常的要求：卖给他一套思维，告诉他如何能在短短的时间里完成更多的工作。

　　李说："好！我 10 分钟就教你一套至少可以提高效率50％的方法。"

　　"把你明天必须做的最重要的工作记下来，按重要程度编上号码。早上一上班，马上从第一项工作做起，一直做到完成为止。再检查一下你的安排次序，然后开始做第二项。如果有一项工作要做一整天也没关系，只要它是最重要的工作就坚持做下去。如果你不建立某种制度，恐怕连哪项工作最为重要你也难以决断。请你把这个办法作为每个工作日的习惯做法。你自己这样做了之后，让你公司的人也照样做。愿意试用多长时间都行。然后送支票给我，你认为这个办法值多少钱就给我多少。"李给了西韦伯一张纸说。

西韦伯认为这个思维很有用，不久就填了张 25000 美元的支票给李。后来西韦伯坚持使用这套方法，在 5 年时间里，伯利恒钢铁公司成为最大的不受外援的钢铁生产企业，而且多赚了几亿美元，他本人成了世界有名的钢铁巨头。后来西韦伯的朋友问他为什么给这样一个简单的点子支付这么高的报酬。西韦伯提醒他的朋友注意："后来的事实证明，我不是给多了，而是给少了，它至少价值百万。这是我学过的各种所谓高深复杂办法中最得益的一种，我和整个班子第一次拣最重要的事情先做，我认为这是我的公司多年来最有价值的一笔投资！"

著名投资大师巴鲁克曾说过："我遭受过多少次失败，犯过多少次错误，以致我个人生活中做过的多少次蠢事，都是由于我没有先思考就行动的结果。"据说后来他用了此方法，如鱼得水，最终成为华尔街股市的风云人物。艾维•李的方法告诉我们，做任何事情都要有计划性，要分清轻重缓急，然后全力以赴地行动，这样才能获得成功。西韦伯已经买了单，不需要我们再支付巨额的使用费，我们只管放心地使用这个简单而有效的创意就行了。

🌸 姚勇军

🌸 财商小语 🌸

马上去做，是成功的秘诀之一。但马上去做，不是想也不想地蛮干，也不是没有计划地乱做，而是先思考，做好计划，抓住最重要的事情，全力以赴地去行动。在我们行动之前，别让冲动毁了自己，要先思考一下自己有多少把握，然后再去做。 (赵航)

超前思维成就亿万富翁

一个人的目标定得要合理，不能遥不可及，也不能太容易达到，要恰到好处。

美国有一家规模不大的缝纫机厂，在第二次世界大战中生意萧条，工厂主杰克看到战时百业俱凋，只有军火生产是个热门，而自己却与它无缘。于是，他把目光转向未来市场，他告诉儿子，缝纫机厂需要转产改行。

儿子问他："改成什么？"

杰克说："改成生产残疾人用的小轮椅。"

儿子当时大惑不解，不过还是遵照父亲的意思办了。经过一番设备改造后，一批批小轮椅面世了。随着战争的结束，许多在战争中受伤致残的士兵和平民纷纷购买小轮椅。杰克工厂订货者盈门，该产品不但在本国畅销，连国外的经销商也来购买。

杰克的儿子看到工厂生产规模不断扩大，财源滚滚，在满心欢喜之余，不禁又向父亲请教："战争即将结束，小轮椅如果继续大量生产，需要量可能已经不多。未来的几十年里，市场又会有什么需要呢？"

老杰克成竹在胸，反问儿子："战争结束了，人们的想法是什么呢？"

"人们对战争已经厌恶透了,希望战后能过上安定美好的生活。"

杰克进一步指点儿子:"那么,美好的生活靠什么呢?要靠健康的身体。将来人们会把身体健康作为重要的追求目标。所以,我们要为生产健身器做好准备。"

于是,生产小轮椅的机械流水线又被改造为健身器生产线。最初几年,销售情况并不太好。这时老杰克已经去世,但是他的儿子坚信父亲的超前思维,仍然继续生产健身器。结果就在战后十多年,健身器开始走俏,不久便成为热门货。当时杰克健身器在美国只此一家,独领风骚。老杰克之子根据市场需求,不断增加产品的品种和产量,扩大企业规模,终于使杰克家族进入亿万富翁的行列。

❋ 杨传书

❀ 财商小语 ❀

在成长的道路上,我们要有明确的目标,目标定得要合理,不能遥不可及,也不能太容易达到,更恰到好处。也就是说,制定的目标在经过自己的努力后能实现,并且能让自己有一种胜利的喜悦。

(赵 航)

富豪们小时候那些事

利用智慧,得到回报,这也是生意。你最喜欢,最擅长哪一种生意呢?

麦当劳创始人:卖唱片、卖纸杯

麦当劳的创始人雷·克罗克1902年出生在芝加哥西部近郊的橡树园。

12岁,读完初中二年级他就开始工作了。他和两个朋友一起,每人投资100美元,租了个小店卖唱片和稀有乐器,如奥卡利那笛、口琴和尤克里里琴等,克罗克负责弹钢琴唱歌来吸引客人。这个店获得了意想不到的成功。

不久后,克罗克利用中午时间观察华尔格林食品连锁店的客流量时,发现了一个黄金机会——在生意非常繁忙、座位不够时,可以用带盖的纸杯卖啤酒或软饮料给那些找不到座位的客人打包带走。

克罗克去拜访了那儿的经理,并给他展示了产品。但经理摇头摆手地说:"不是你疯了,就是你把我当疯子。客人在我的柜台前喝一杯啤酒付15美分,用纸杯带走也是付这么多。我为什么要多支出1.5美分使成本提高呢?"克罗克说:"因为这样一来可以帮你提高生意额。你可以在柜台前单独设一个地方来做外卖,用纸杯装饮料,加上盖子,把客人要的其他食品一起放在袋子里给他们拿走。"最后,经理同意免费试用他提供的纸杯。结果,外卖非常成功。他顺利地成了华尔格林所用纸杯的供应商。

维珍集团创始人:从2块巧克力饼干赚起

英国维珍集团——一个拥有350家分公司的商业帝国,涉及航空、电信、火车、信用卡等多个领域,其创始人及CEO理查德·布兰森的母亲,常会故意给子女制造挑战。

布兰森4岁时,一个冬日的凌晨,母亲叫醒布兰森,塞给他几块三明治和苹果,让他骑车前往80公里外的亲戚家。"我已经不记得是怎样到亲戚家的。我只记得当我走进亲戚家厨房时,我就像一个得胜归来的英雄,我为能完成这次自行车马拉松自豪不已。"

布兰森从小就具有商业头脑。一次,父母送给他一部玩具电动小火车,他自己动手改装小火车,提高车速,并定下每人2块巧克力饼干作为门票价格,请小朋友观看。结果,一连半个月,布兰森都不愁没有饼干吃。

在某个复活节假期,他和朋友尼克用卖报纸的钱购买了树苗,种下了400棵圣诞树,并盘算着如何用5英镑的初始投资获利800英镑。可是在接下来的暑假,绝大部分树苗都被野兔吃掉了。于是,他们气急败坏地猎杀野兔,以一先令一只的价格卖出。

17岁时,布兰森终于离开学校,拿着老妈给的4英镑赞助,在一个狭窄的地下室里创建了《学生》杂志。布兰森负责杂志的商业运作,当合作伙伴们还在热衷于政治时,他就在考虑如何充分利用"学生"这个品牌进行多种经营了。拉广告时,他

对可口可乐公司假称百事可乐已经预定了杂志的广告版面；他在来访的记者面前伪装忙碌；他找来甲壳虫乐队的成员约翰·列侬等名人做专访，还派出记者去世界各地的热点地区进行采访。所有这一切，让《学生》的发行量一度激增到 20 万份。

🌸财商小语🌸

　　这些美国富豪，在很小的时候，就表现出他们与众不同的商业天赋，让人钦佩不已。我们小时候，有没有过独自赚钱的经历呢？利用劳动，得到报酬，这是生意；利用智慧，得到回报，这也是生意。你更喜欢，最更长哪一种生意呢？

（赵　航）

华商富豪们的成功哲学

> 我们每个人都是独一无二的，我们也应该有自己的个性和风格！

罗光男（台湾健身体育用品公司董事长）
创自己的牌子

　　罗光男在台湾被称为"一只球拍打天下的青年创业者"，他的"肯尼士"网球拍为世界名牌之冠。罗光男成功的哲学名言是：创自己的名牌。

创业之初，罗光男与人合伙办了一家制造羽毛球拍的加工厂，业务虽有发展，但正如俗话所说，"合伙的生意难做，赚了钱意见更多"。罗光男果断地同伙伴分手，打出了独资的招牌。但由于没有自创的名牌，即使公司已能制作出世界一流的高品质、高性能球拍，也只能接受国外名牌厂家委托加工，赚取微薄的加工费。

1977 年，罗光男推出了自创的"光男"牌网球拍，向国际市场进军。"光男"牌网球拍用岛外引进的太空材料"碳素纤维"做成，重量较木球拍、铝合金球拍轻，坚韧无比，结构牢固，打球稳定性高，控制灵活，不因气候而变质，被世人誉为"超级球拍"。在质量提高的基础上，罗光男将"光男"换了个颇有西洋味的"肯尼士"名字，以"K"字为商标，展开广告攻势，很快将"肯尼士"球拍打进了名牌行列，并一跃成为世界网球拍的销售冠军。

陈凯希（马来西亚海鸥集团老板）
专打"中国文化牌"

马来西亚拥有 500 万华人，受中华文化的熏陶，人们都喜好中国商品。陈凯希深明此理，这位华人富豪的成功哲学是：专打"中国文化牌"。

早在 20 世纪 70 年代，陈凯希就集股成立了专销中国商品的海鸥公司。中国商品价廉物美，在华人圈中很受欢迎。为了进一步增强中华文化氛围，陈凯希还在马来西亚开设了一家洋溢着旧上海滩情调的"百老汇歌舞厅"。歌舞厅四周挂着周璇、白光等 20 世纪三、四十年代上海影星、歌星的大幅剧照，并配以 30 年代的上海滩舞台背景，演唱的歌曲也是上述

明星的成名之作。华人到此感到亲切,不是华人的到此感到新鲜,因此,歌舞厅的生意十分红火。陈凯希还与中国陕西省医药保健品进出口公司联合投资,在马来西亚建成了"大唐山庄"酒楼。酒楼一进门就是李白醉酒的塑像,大厅屏风上是李白诗《将进酒》全文;厅堂的玉石屏风上,全是中国历史故事;大门前是"秦俑军阵",凉亭旁是"贵妃游春",楼上厢房绘有"长安八景"等。其最妙之处是菜品全是西安加陕西风味药膳。利用中华文化,"大唐山庄"又为陈凯希带来了滚滚财源。

范岁久 (丹麦大龙集团老板)
小东西可以赚大钱

丹麦华人范岁久将中国点心变成世界快餐,使小小春卷风靡全球,荣获世界春卷大王称号。他成功的哲学是:小东西可以赚大钱。

20世纪60年代前后,在丹麦首都哥本哈根,华人范岁久为了生计,开了一家手工操作的中国春卷店。春卷一上市就吸引了众多丹麦人,小店一时顾客盈门,应接不暇。范岁久索性大干一场,投资兴建"大龙"食品厂,采用自动化滚动机新技术生产中国春卷,同时配套兴建了冷藏库和豆芽厂。范岁久制作春卷的秘诀是:中国特色,西方口味,香脆可口,营养卫生。对于春卷的馅心,范岁久进行了精心选择和配制。他并不照搬家乡传统的韭菜肉丝馅心,而是根据欧美各国不同的口味采用笋丝、胡萝卜丝、豆芽、木耳、牛肉丝,或是鸡丝、火腿丝、鸡蛋、龟鲜、白菜、咖喱粉等原料,并能根据销售的不同国别,做到风味各异。大龙春卷经美国国会派专家化验鉴定后,驻德国的5万美军每天向范岁久定购10万只春卷。在墨西哥举行世界杯足球大赛时,范岁久抓住商机,按墨西哥人的口味制作了一大批辣春卷,在墨西哥被抢购一空。

范岁久着眼小小春卷,做出了世界一流的大成绩,大龙食品曾多次获得丹麦政府和美国政府的表彰和奖励,大龙春卷王牌30年不倒,畅销欧洲、美洲、亚洲和非洲的二十多个国家。

🌹财商小语🌹

罗光男走品牌路线,陈凯希打文化牌,范岁久做春卷生意,每一个成功人士都有自己的特色。培养财商也需要我们拥有自己的独特的思路,其实,我们每个人都是独一无二的,我们也应该有自己的个性和风格!做个与众不同的自己吧,说不定会给你带来不一般的感受呢!

(赵 航)

没有什么不能卖

有的事情去做了,即使失败,自己也不损失什么,可一旦成功了,就会得到意想不到的收获。

一艘装载着可可豆的货船,由古巴首都哈瓦那驶往西班牙的巴塞罗那。途经美国海域时,遇上事故而搁浅在棕榈滩岛

的岸边。货主的名字叫亨利·弗雷格勒，那船货物是他的全部家当。可可豆因被海水浸泡，全部报废。亨利回到美国后，只能申请破产。对于做了大半辈子生意，经历过无数次失败打击的亨利来说，这次是最惨重的一次。

万般无奈，亨利只好上了棕榈滩岛。这一上岛，亨利顿觉神清气爽。原来，这里风景优美，树木茂盛，氧气含量比其他地方要高出很多。如果将这里的空气卖给美国那些富人，他不是就可以东山再起了吗？

他先请人对空气做了检测，然后买地。由于棕榈滩岛地处偏僻，地价便宜得令人不敢相信。亨利以每平方英尺 2 美元的价格，买下了 3 万平方英尺的地皮。棕榈滩岛的总面积为 4.4 万平方英尺，凡能开发的地皮全部被他买走了。

下一步就是如何将这些地卖出了。亨利找到石油大王洛克菲勒。洛克菲勒听了，哈哈大笑，说："我没有听错吧，你想将空气卖给我？而且价格还超过了我的石油？"亨利说："没错。"

洛克菲勒说："说说你的理由吧，只要你能够说服我，我就买你的空气。"亨利说："我们都是生意人，都明白只有顾客觉得物有所值才肯花钱购买的道理。"洛克菲勒点了点头。

亨利接着说："我请专家做了一份调查，结果显示，美国的纽约等大城市由于污染严重，空气中的含氧量还不足 18%，而人类维持健康生存的空气含氧量要达到 20% 或以上水平。现在医院里的氧气价格是每升 10 美元。我发现有个好地方，那里的空气含氧量达到了 30%。您说那里的空气值不值钱？"

跟生命相比，金钱的价值就大大降低了，石油大王何尝不懂得这个道理？于是，洛克菲勒毫不犹豫地以 500 美元一平方英尺的价格，从亨利手里买下了一块地皮。随后，亨利又将其他地块分别卖给了范德比尔特家族、卡内基家族、梅隆家族以及后来的慕恩家族和贝克家族，因为只有这些富人才买得起如此昂贵的地皮。

棕榈滩岛是位于南佛罗里达迈阿密市以北 65 公里处的一个堰洲岛，西靠近岸内航道，东临大西洋。岛内的常住人口大约为 1 万人，旅游季节则有 3 万人左右。旅游旺季的时候，美国有四分之一的财富在这里流动。地价也一升再升，并且成了美国富人的聚集之地。

由于人口剧增，棕榈滩岛的生态环境遭到了破坏。有人给该地的空气做了检测，含氧量为 16%，比纽约等大城市还要低。然而，依然有人不断地向那里涌去。他们并不是冲着那里的空气，而是冲着那里的富人们去的，因为想像亨利那样去赚富人们的钱。

✳ 沈岳明

❀财商小语❀

卖空气，这么奇怪的想法，居然也会有人想到。让人惊奇的是，这个人不但想了，而且还真的去卖了；不但卖了，而且还卖得很好，这真是太不可思议了。在我们的头脑里，是否也曾有过这些古怪的想法？如果有过，你去尝试做了吗？其实，有的事情去做了，即使失败，自己也不损失什么，可一旦成功了，就会得到意想不到的收获。

（赵 航）

唐三彩与铅笔

在李嘉诚看来,是否故意是判断一种行为性质的重要标准。

香港富商李嘉诚对于事物、行为的价值有自己的独到见解。

有一次,一名清洁员在打扫李嘉诚的办公室时,一不小心将一个非常贵重的唐三彩打碎了!当现场的秘书气得暴跳如雷,而这名清洁工更是吓得体如筛糠时,谁想,"受损者"李嘉诚并没有大发雷霆,甚至没有对该员工进行任何形式的处罚,而只是要求这名员工以后工作时一定要小心。事后,李嘉诚谈到这件事时解释说:"因为我知道他不是故意的。"在李嘉诚看来,是否故意是判断一种行为性质的重要标准。

众所周知,李嘉诚旗下企业的员工忠诚度非常之高,因为李嘉诚总是付给他们全香港最高的薪酬,是为"高薪养廉"。那么,如此宽厚、如此大方的李嘉诚有没有炒过员工的鱿鱼呢?"有的。"李嘉诚斩钉截铁地说,"有一次我炒掉了一名高管人员。因为他将几支公司的铅笔拿回了家。我认为他的行为与公司付给他的报酬是不相匹配的。"

财商小语

在李嘉诚这样的老板手下工作,谁不愿意尽心尽力呢? 古人曾把错和恶进行了严格的界定:错是无意识地犯错,而恶是有意地做错事。我们身边也常有人在做错事,但他们有很多都是无意的,我们对待他们,能不能有李嘉诚那样的胸襟呢? 拥有宽阔的胸襟,我们才能收获更多。

(赵 航)

价　　值

刚才被烧掉的邮票全世界只剩两张,一张 500 万美元,可是现在只剩这一张了,你们说,这张价值多少?

在英国的一个拍卖会上,最后要拍卖的是一张很古老、很值钱的邮票,全世界只有两张。经过一番激烈角逐,富商洛克中标。

洛克走上前台,高高举起那张价值连城的邮票,得意扬扬地向台下的观众展示,大家既羡慕,又忌妒。这时洛克拿出一个漂亮的打火机,当着众人的面把邮票给烧了。全场哗然,大家指责他说:"这是价值 500 万美元的邮票,怎么说烧就烧呢? 如果你嫌钱多,干脆捐给我们好了……"

洛克笑而不语,他的助理从一个金色的盒子里拿出一张

一模一样的邮票，洛克接过来说："各位请看，刚才被烧掉的邮票全世界只剩两张，一张500万美元，可是现在只剩这一张了，你们说，这张价值多少？"

※ 文 彦

财商小语

洛克先生真是一个另类的天才。他灵机一动，就把稀世珍品变成了绝无仅有的"孤品"，身价当然更加不同凡响了。对于身边的某些东西，我们是不是可以动动脑筋，让它身价倍增？当然，我们应该采取积极的创造性的方法，而不是破坏性的手段。 （陶 然）

一日元钓大鱼

富士通公司最后报价竟是象征性的1日元，逼得其他公司纷纷退场，从而一举中标。

有一年，日本广岛市水道局打算将埋在市区的电线、煤气管和自来水管的阀门位置、各类管道和铺设时间等，绘制出一幅能用电子计算机控制的示意图。水道局的预定价格为1100万日元。

当时有多家公司参加投标,各公司的报价都很高,只有富士通公司例外,他们最后报价竟是象征性的 1 日元,逼得其他公司纷纷退场,从而一举中标。

富士通为什么要这样做?

原来日本政府建设省早已发出通知,要求包括东京在内的 11 个大城市,都要把铺设在地下的管道绘制成电子计算机能够控制的示意图,广岛不过是率先付诸实施的城市而已。富士通若能在广岛中标并绘制成功,便可为在其他 10 个城市的招标竞争增加必胜的实力。

更为重要的是,日本政府的最终计划是要根据绘制出的示意图来设计和安装专用计算机。

富士通顺利中标,争取到了示意图的设计权,就可以设计出符合自己计算机特点的图纸,也就等于把非富士通品牌的计算机的硬件、软件统统排斥出这一市场,进而垄断市场。

放弃 1100 万日元的小利,却能赚到比这大几十倍乃至上百倍的利润。富士通可不是傻瓜。

❋ 罗有嘉

❀ 财商小语 ❀

富士通公司放弃小利,而赢得了巨大的利润。盯着蝇头小利,抠着几角几块,拘泥于眼前得失的人,注定不能成为成功者。做事要有远见,"放长线钓大鱼"说得正是这个道理。

(陶 然)

选择

这三年来我每天与外界联系，我的生意不但没有停顿，反而增长了200%，为了表示感谢，我送你一辆劳斯莱斯！

有三个人要被关进监狱三年，监狱长让他们每人提一个要求。

美国人爱抽雪茄，要了三箱雪茄。法国人最浪漫，要一个美丽的女子相伴。而犹太人说，他要一部与外界沟通的电话。

三年过后，第一个冲出来的是美国人，嘴里鼻孔里塞满了雪茄，大喊道："给我火，给我火！"原来他忘了要火柴了。接着出来的是法国人。只见他手里抱着一个小孩子，美丽女子手里牵着一个小孩子，肚子里还怀着第三个。最后出来的是犹太人，他紧紧握住监狱长的手说："这三年来我每天与外界联系，我的生意不但没有停顿，反而增长了200%，为了表示感谢，我送你一辆劳斯莱斯！"

财商小语

看见了吗？问你要什么，你在"要"之前要想清楚。否则看着一堆点不着的雪茄，或者一群大大小小的孩子，真要哭笑不得。在最不利的环境中，也要保持清醒的头脑，抓住每一个机会，不放弃奋斗的决心。

（陶　然）

126

第**6**辑

高财商的人容易成功

你想成为未来的 CEO 吗？

你会是个"小小巴菲特"吗？

你对自己的财商有信心吗？

财商能赋予我们最大的资产——头脑——去创造财富，

积累财富，驾驭财富；

让我们掌握赚钱、花钱、存钱，

与人分享钱财的学问，

成为财富的主人；

更能让我们在今后的财富人生中，

白手起家、聚沙成塔、点石成金。

越用钱越有钱

> 钱本来就是要用的,必须让它动起来。钱生钱越快,来的钱就越多,致富就越快。

老婆是个节约的人,不太敢花钱,吃穿都拣便宜的来。平时上街,看到贵一点的东西,无论自己多么喜欢,都赶忙走开,怕花钱。而我,虽然工资不高,但对用钱从来不在乎,看到如意的就要买,还嘴馋,总想吃点好的。两人为这事经常意见不统一,闹点小矛盾。

一天,我急了,板着脸对她说:"钱,钱,钱,难道钱少就不能用? 钱用了还会再来,越是没钱,越用钱,那才叫境界。"

老婆则反唇相讥:"这算什么,你要是能越用钱,口袋里越有钱,那才叫境界。"我哑口无言,但又不得不佩服老婆说得有理。老婆不经意之间道出了理财的最高境界——越用钱,越有钱。

怎样才能越用钱又越有钱呢?

我想,首先,一定得用钱。这自然是一句大白话,甚至是废话。但对于小部分惜财如命的人来说,还是有点现实意义的。老婆虽然算不上惜财如命,但怕用钱,这肯定有缺乏理财基因的因素在里面。要理财，一定要改掉这毛病，要敢用钱。钱只有用了，动起来了，才有可能活起来，并渐渐多起来。

我的老家在湖南农村，邻居中有一对地主的儿子，20世纪80年代落实政策时得到一笔补偿款。老大深知生活的艰难，而且过惯了俭朴的日子，于是把钱原封不动地存进了银行，从来也不取来用，为的就是以备不虞之需。别人无论怎样诱导他，向他借钱，他都不为所动，甚至由此得罪了很多亲朋好友。在现代这样一个有计划的通胀时代，他的钱无可挽回地贬了值，当初5000元，可以盖一栋红砖房，到了90年代末期，这笔钱连同利息及平时积累的血汗钱，用来盖一层楼房都不够。他七拼八凑盖了一层楼房之后，再也没有能力加盖第二层了。而小兄弟，用这笔钱开了个小卖部，两年后嫌小卖部来钱太慢，又跑到外面做冶金生意。几年下来，他成了当地的首富，恢复了当初他们家族的荣华。

这样的故事在农村不知道有多少，所诠释的道理也就一个：钱本来就是要用的，必须让它动起来。钱不动了就成了死钱，并最终失去价值，化为乌有。

当然，让钱动起来，肯定不是如我单纯的消费，到商场里买样衣服或电器什么的，或者，像贵小姐、阔太太那样拼命地购物，花了钱，口袋里的钱少了，心里才痛快。钱要越用越多，必须用在投资上，诸如买样衣服或电器，不是用来自己消费，而是搞转手经销。

以钱生钱，精明理财，莫如温州人。一个广为媒体所转述的炒楼"神话"是：温州人能以10万元身家起步，进入楼市炒楼，经过一年的倒腾，盘子能滚到1亿，真是匪夷所思。大致过程是：10万元的首付买下价值40万元房子，再以此房为抵押从银行贷款40万元再买4套房子，接着以此4套房子为抵押

贷款 160 万买下价值 640 万元的房子……一年下来，几经循环，钱就滚到了 1 亿。

我讲这个故事，当然不是鼓励人们去做投机生意，只是阐明一个道理：要越用钱越有钱，就得用钱生钱。鸡生蛋，蛋生鸡的故事让国人笑话了上千年，但这其实是万古不易的真理，只是人们的理解和执行有问题罢了。温州人的这个故事就让这大笑话变成了大神话。

这故事还证明：钱生钱越快，来的钱就越多，致富就越快。

在这一点上，很多人不理解，认为自己才那么一点钱，怎么去赚大钱，成富翁呢？温州人的解决办法就是让钱的循环周期尽可能短一些，由于他循环得快，他的 10 万元能抵得上别人的 40 万，甚至 160 万。

曾经有个著名公司的老总，放言自己的 1 亿抵得上别人的 2 亿。他为什么这样牛？就是因为公司资金的周转周期短，别人的产品半年才卖出去，他们公司的产品一个季度就卖完了。他 1 亿一季度周转一次，而别人 2 亿半年才周转一次，相比之下占了很大优势。

在现代的商业竞争中，资金周转周期就是一门大学问，厂家拼命缩短销售渠道，拉近与消费者的距离，事实上也是争取销售的畅通和快捷，从而也缩小资金的周转周期。而我们平民老百姓，没有大公司的资金周转压力，但也没有大公司的资金实力，所以，要让钱来得快，来得多，就一定要记住：用钱要用得快。

只有这样，才可能越用钱越有钱。

李良政

财商小语

温州人可以在一年内使自己的财富从10万增长到1亿,这就是投资与理财的智慧!假如七给你10万,你会做什么呢?随便花了,或存进银行,似乎都不是最好的选择;如果用来投资,说不定就会有更大的惊喜。要想越用钱越有钱,就要好好儿地培养一下我们的财商了!

(赵 航)

宋人的秘方

吴王重赏进献秘方的商人一块土地,这个商人从此大富大贵,也不用再去贩卖布匹了。

古时宋国有一族人善于制造一种药,这种药冬天擦在皮肤上,可使皮肤不会干裂,不生冻疮。这一族人靠这个秘方,世世代代做漂染布絮的生意,日子倒也过得充足殷实。

后来有个来买布的商人知道了此事,就出重金买下了这个秘方。

当时吴越两国是世仇,不断交兵打仗。这个商人便将这个秘方献给吴王,并说明在军事上的用途。吴王得此秘方大喜,便在冬天发动水战。吴军士兵涂了药粉,不生冻疮,战斗力极强,而越

国士兵仓促应战，加上大部分都患了冻疮，苦不堪言，大败而归。

吴王重赏进献秘方的商人一块土地，这个商人从此大富大贵，也不用再去贩卖布匹了。

财商小语

你有个苹果，我有个苹果，我们交换后，每人的手里还是一个苹果；你有一种思想，我也有一种思想，我们交换后，每个人就有了两种思想。学会与人沟通交流，懂得与人分享，也许我们从中就能发现新思路，找到一条新的通向成功的路。　　（赵　航）

你被解雇了

这个念头像火苗一样在伯尼·马库斯心中一闪，点燃了他压抑在心中的激情和梦想。

这一天，49 岁的伯尼·马库斯像往常一样拎着心爱的公文包去公司上班。在二十多年的职业生涯中，他勤勤恳恳、兢兢业业，才坐到今天职业经理人的位置上，其中充满了艰辛困苦。他只要再这样工作 11 年，就可以安安稳稳地拿到退休金了。可是，他万万没有想到，这一天将是他在公司工作的最后一天。

"你被解雇了。"

"为什么？我犯了什么错？"他惊讶、疑惑地问。

"不，你没有过错，公司发展不景气，董事会决定裁员，仅此而已。"

是的，仅此而已。他在一夜之间从一名受人尊敬的公司经理变成了一名在街头流浪的失业者。

和所有的失业者一样，繁重的家庭开支迫使伯尼·马库斯必须重新找到生活来源。那段日子，他常常去洛杉矶一家街头咖啡店，一坐就是几小时，化解内心的痛苦、迷茫和巨大的精神压力。

有一天，他遇到了自己的老朋友——和他一样同是经理人、现在也同样遭到解雇的亚瑟·布兰克。两个人互相安慰，一起寻求解决的办法。

"为什么我们不自己创办一家公司呢？"

这个念头像火苗一样在伯尼·马库斯心中一闪，点燃了他压抑在心中的激情和梦想。于是，两个人就在这间咖啡店里策划着建立一家新的家居仓储公司。两位失业的经理人为企业制定了一份发展规划和一个"拥有最低价格、最优选择、最好服务"的制胜理念，并制定出使这一优秀理念在企业发展中得以成功实践的一套管理制度，然后就开始着手创办企业。

时值 1978 年春天。他们用了 20 年的时间，把一家名不见经传的小公司发展成为拥有 775 家店、15 万名员工、年销售额 300 亿美元的世界 500 强企业，成为全球零售业发展史上的一个奇迹。它就是闻名全球的美国家居仓储公司。

奇迹就是始于 20 年前的一句话：你被解雇了！

"你被解雇了"——是我们每个人在职业生涯中最不愿听到的一句话，但正是这句话，改变了伯尼·马库斯和亚瑟·布兰

克两个人的命运。如果不是被解雇,他们无论如何也不会想到要创办美国家居仓储公司;如果不是被解雇,他们无论如何也不会跻身世界 500 强;如果不是被解雇,他们两人现在只能是靠每月领退休金度日的垂暮老人。

❋ 林 夕

🌸财商小语🌸

有时从表面上来看,前方似乎没有了路,自己好像走入了绝境,但是如果不气馁,坚持一直走下去,就会发现一片荆棘坎坷之后,出现在眼前的竟是怡人的景色。我们不要为一时的失败和挫折烦恼,要坚信一句话:失败是成功对你的考验,走过失败就会赢来成功。

(顾玉丹)

你在为谁打工

我要使自己工作所产生的价值,远远超过所得的薪水,只有这样我才能得到重用,才能获得机遇!

齐瓦勃出生在美国乡村,只受过很短的学校教育。15 岁那年,家中一贫如洗的他就到一个山村做了马夫。然而雄心勃勃的齐瓦勃无时无刻不在寻找着发展的机遇。三年后,齐瓦勃终于来到钢铁大王卡内基下属的一个建筑工地打工。一踏进建筑工地,齐瓦勃就决心要做同事中最优秀的人。当其他人在抱怨工作辛苦、薪水低而怠工的时候,齐瓦勃却默默地积累着工作经验,并自学建筑知识。

　　一天晚上,同伴们在床聊,唯独齐瓦勃躲在角落里看书。那天恰巧公司经理到工地检查工作,经理看了看齐瓦勃手中的书,又翻开他的笔记本,什么也没说就走了。第二天,公司经理把齐瓦勃叫到办公室,问:"你学那些东西干什么?"齐瓦勃说:"我想我们公司并不缺少打工者,缺少的是既有工作经验、又有专业知识的技术人员或管理者,对吗?"经理点了点头。不久,齐瓦勃就被升任为技师。打工者中,有些人讽刺挖苦齐瓦勃,他回答说:"我不光是在为老板打工,更不单纯为了赚钱,我是在为自己的梦想打工,为自己的远大前途打工。我们只能在业绩中提升自己。我要使自己工作所产生的价值,远远超过所得的薪水,只有这样我才能得到重用,才能获得机遇!"抱着这样的信念,齐瓦勃一步步升到了总工程师的职位上。25岁那年,齐瓦勃又做了这家建筑公司的总经理。

　　卡内基的钢铁公司有一个天才的工程师兼合伙人琼斯,在筹建公司最大的布拉德钢铁厂时,他发现了齐瓦勃超人的工作热情和管理才能。当时身为总经理的齐瓦勃,每天都是最早来到建筑工地。当琼斯问齐瓦勃为什么总来这么早的时候,他回答说:"只有这样,当有什么急事的时候,才不至于被耽搁。"工厂建好后,琼斯推荐齐瓦勃做了自己的副手,主管全厂事务。两年后,琼斯在一次事故中丧生,齐瓦勃便接任了厂长一职。因为齐瓦勃的天才管理艺术及工作态度,布拉德钢铁厂成了卡内基钢铁公司的灵魂。因为有了这个工厂,卡内基才敢

说："什么时候我想占领市场，市场就是我的。因为我能造出又便宜又好的钢材。"几年后，齐瓦勃被卡内基任命为钢铁公司的董事长。

齐瓦勃担任董事长的第七年，当时控制着美国铁路命脉的大财阀摩根，提出与卡内基联合经营钢铁。开始的时候，卡内基没理会。于是摩根放出风声，说如果卡内基拒绝，他就找当时居美国钢铁业第二位的贝斯列赫姆钢铁公司联合。这下卡内基慌了，他知道贝斯列赫姆若与摩根联合，就会对自己公司的发展构成威胁。一天，卡内基递给齐瓦勃一份清单说："按上面的条件，你去与摩根谈联合的事宜。"齐瓦勃接过来看了看，对摩根和贝斯列赫姆公司的情况了如指掌的他微笑着对卡内基说："你有最后的决定权，但我想告诉你，按这些条件去谈，摩根肯定乐于接受，但你将损失一大笔钱。看来你对这件事没有我调查得详细。"经过分析，卡内基承认自己过高估计了摩根。卡内基全权委托齐瓦勃与摩根谈判，并取得了对卡内基有绝对优势的联合条件。摩根感到自己吃了亏，就对齐瓦勃说："既然这样，那就请卡内基明天到我的办公室来签字吧。"齐瓦勃第二天一早就来到了摩根的办公室，向他转达了卡内基的话："从第 51 号街到华尔街的距离，与从华尔街到 51 号街的距离是一样的。"摩根沉吟了半晌说："那我过去好了！"摩根从未屈就到过别人的办公室，但这次他遇到的是全身心投入的齐瓦勃，所以只好低下自己高傲的头。

后来，齐瓦勃终于自己建立了大型的伯利恒钢铁公司，并创下了非凡的业绩，真正完成了他从一个打工者到创业者的飞跃。

 王 飙

财商小语

从打工者到创业者,之间的距离究竟有多远?齐瓦勃的经历告诉了我们:每个人在一生中,都会遇到很多机遇,有时,不仅仅是人在寻找机遇,机遇也在寻找人。一个执著于理想,一直在努力奋斗的人,是最容易被机遇所青睐的。

(赵 航)

错出来的成功

机遇只有在犯错的过程中才能发现,只有经历错过的尝试,才能清晰地找准成功的方位。

1876 年,一位 20 来岁的年轻人只身来到芝加哥,他一无文化,二无特长,为了生存,只好帮商店卖起了肥皂。随后,他发现发酵粉利润高,立即投入所有的老本购进了一批发酵粉。结果他发现自己犯了一个错误:当地做发酵粉生意的远比卖肥皂的多,自己根本不是他们的对手。

眼见着发酵粉若不及时处置,就将造成巨大损失,年轻人一咬牙,决定将错就错,索性将身边仅有的两大箱口香糖贡献出来,凡来本店惠顾的客户,每买一包发酵粉,都可获赠两包口香糖。很快,他手中的发酵粉处理一空。

在随后的经营中,年轻人又发现:口香糖在市面上已经越

来越流行，虽然是个薄利行业，但因为数目庞大，发展前景要比发酵粉好。他当即脑瓜子一转，又集结起所有的家当，把宝押在口香糖上了。营销过程中，他积极听取顾客的意见，配合厂家改良口香糖的包装和口味，后来他感觉这种配合局限性很大，索性倾其所有，自己办起了口香糖厂。1883年，他的"箭牌"口香糖正式面世。但在当时，市场上口香糖已有十多个品种，人们对这支生力军接受的速度非常慢，他一下子又陷入了困境。这时候，他想了一个更为冒险的招数：搜集全美各地的地址簿，然后按照上面的地址，给每人寄去4块口香糖和一份意见表。

这些铺天盖地的信和口香糖几乎耗光了年轻人的全部家当，同时，也几乎在一夜之间，"箭牌"口香糖迅速风靡全国。到1920年，"箭牌"已达到年销售量90亿块，成为当时世界上最大的营销单一产品的公司。这位惯于"错中求胜"的年轻人，就是"箭牌"口香糖的创始人威廉·瑞格理。

不仅如此，接下来的大半个世纪，"箭牌"口香糖还干过几件忙中出错的事情：20世纪60年代，公司投资1000多万美元成立了保健产品分部，并推出了抗酸口香糖。但由于糖里添加了有争议的药物成分，新产品没上市便被查禁，胎死腹中。为了抢占市场优势，他们更是投入巨资，大胆收购一些竞争对手的企业，以至于几度陷入严重的经营和生产危机。

昏招迭出的"箭牌"最后的命运如何呢？到今天，"箭牌融入生活每一天"的广告词已经家喻户晓，"箭牌"口香糖也已成为年销售额逾50亿美元的跨国集团公司。说起成功的奥秘，第三代传人小瑞格理一语道破了天机：那就是"大胆犯错"——机遇只有在犯错的过程中才能发现，只有经历错误的尝试，才能清晰地找准成功的方位。

 蒋　平

财商小语

一张老师批改的试卷，最有价值的地方就是被判错的那些题目。因为做错的题目是我们没有掌握的内容，如果我们把心思放在这些错题上，查找原因，请教方法，下次就不会再错。财商学习中道理一样，学会总结错误的经验，必将收获成功的果实。

（赵　航）

让创意成就未来

成功靠的就是创意，好的创意成就精彩的人生。

有一个叫徐乐的年轻人，有一天在学校偶然看了台湾艺人吴宗宪主持的《我猜我猜我猜猜猜》这个节目，那天的节目介绍到台湾地区有一家特别的网站，这家网站专门联系厂商，让他们提供一些需要进行推广的产品，然后发放在网站上给注册过的用户免费试用，并要求他们在试用后交出一份"用后感"。

徐乐想到空白即意味着商机，这种行销方式在大陆还没有哪个网站实践过。2006 年 1 月 23 日，中国内地首家试用品发放网站——试用网横空出世。中国人素来不相信天上会掉馅饼，而这种实实在在的能"白得"到商家的产品或服务的试

用方式令网友们耳目一新,网站受到了许多网民,特别是年轻网民的欢迎。

徐乐清晰地记得发放第一批试用品的过程:那时候刚好是过年,刚刚发布完第一批试用商品的信息,徐乐就赶大年三十下午的飞机飞回家。路途中的几个小时,徐乐心里一直小鹿乱撞。虽然他确定这种用户、商家、网站三赢的运营模式是能被大众接受的,但心里还是非常期待第一次试用活动的反响。一到家他就进入网站后台查看数据,果然,他看见刚发布的50份商品试用装在1分钟内已经被索取一空。

在他的努力下,网站人气上升了,提供试用品的商家越来越多。几个月后,试用网上的产品越来越多,达到了十多个商家数十种产品。而消费者付出很小的代价,就能获得超值的产品。

一个朋友告诉徐乐,上海一家公司刚好要将一种新的洗面奶产品投入市场,公司正在为推广的事情而发愁。徐乐和他的同伴亲自登门,向这家企业介绍试用网新的营销模式:"用了好还是不好,对皮肤是不是真的有一些好的效果,你在大街上派发产品是了解不到的,而我们会给你一份报告,告诉你用户用了你的产品之后的想法是什么。"上海公司的客户经理觉得这是一个非常好的创意,很适合他们产品的推广。很快他们就签下了和试用网合作的协议,并送来了试用品。后来网上的试用以及其后的销售都有很理想的效果。

现在,有越来越多的企业纷纷跟试用网达成了合作协议,这里包括很多知名企业或国际机构,如全球500强企业中的强生、宝洁都将自己的产品放到了徐乐的试用网上,供用户免费领取,试用网上的产品也从最初的十多个品牌几百种产品发展到近百个品牌上千种产品,包括了吃、穿、住、用、玩各个方面。

试用网自然也给徐乐带来了许多意想不到的财富。有人说是试用网成就了徐乐，我感觉应该是创意成就了徐乐。成功靠的就是创意，好的创意成就精彩的人生。成功有时就是这样容易，只要你有心，商机就无处不在，有时往往是最不起眼的地方，却孕育着重大的商机。

✳ 毛 毛

🌹财商小语🌹

　　生活往往会因为一点小小的创意而发生改变，甚至是成就我们每个人巨大的成功。在学习上，我们也需要多思考，想好的点子改进学习方法，提高学习的效率。　　　　　　（赵 航）

约克伦从垃圾中发财

约克伦不怕被到人轻视，做起垃圾这个新领域的生意，终于在这个新兴行业中创造出了奇迹。

　　一谈起垃圾，人们总是想起乱七八糟、嗤之以鼻的废物，但一些有经营头脑的能人，将这些令人讨厌的垃圾变为自己发财的源泉，走向了成功之路，美国约克伦垃圾公司的老板约克伦就是这样一个别具慧眼者，他靠垃圾走向成功的彼岸。

原来，约克伦经营着一个小本生意，但他总琢磨着将来成就一番大事业。经过调查研究，约克伦发现垃圾已成为许多企业大伤脑筋的事情，这些公司每天都付一笔钱将垃圾处理掉。而这些垃圾并不全是废物，不少宝贵的东西暗藏于垃圾中。约克伦想只要将这些有用的东西从垃圾中提炼出来，妥善处理，就能变废为宝。于是约克伦决定打破常规，在无人涉足的垃圾业中寻找一条成功之路。

之后，他创办了约克伦垃圾公司，在郊区购买了一块土地，作为垃圾场地，雇用了几名工人，添置了一些简单的清理和加工设备。开业时，约克伦亲自坐镇，迎接送来的每一车垃圾，但收效不大，送垃圾的只是几家小商贩。面对这种情形，约克伦苦苦思索，决定改变服务方式，采取上门服务的方式，积极宣传，主动争取更多的公司送来垃圾。改变方式后，果然见效，垃圾越堆越多，约克伦指挥职员把垃圾中的塑料、废铜料、化学品废渣、玻璃片、破布等收拣起来，分门别类地送交有关厂家处理。这样辛勤工作两个多月后，经济效益渐渐明显，他赚了四倍于投资的利润，这一数字比他原来的小本经营高出了 20 倍。

赚了一笔钱后，约克伦决定扩大"再生产"，他购置了新的垃圾处理设备，又购置了一块很大的地皮，挖了大坑，以便分离出来更多的财富。他扩大了垃圾收集的范围，大量收集工厂送来的废物、废水进行综合处理，从中提取金、铜、锌等金属，同时生产出多种有机化肥。在一年半时间里，就创造出他原有资本 190 多倍的高额利润。

约克伦不怕被别人轻视，做起垃圾这个新领域的生意，终于在这个新兴行业中创造出了奇迹。

 谭　霞

在这个世界上，任何事物，都有它存在的价值，即使是垃圾，也有它的价值！我们也一样，每个人身上都有自己的闪光点，都有值得别人羡慕、钦佩的地方，如果把自己的这些优点充分地挖掘出来，那你创造的价值，一定是惊人的。

（赵　航）

抢果子不如自己去种果树

若能力有限，怎样的努力都落在其他人的后面，倒不如耐心发掘身边的土地，种植自己的果树。

王雨菲是一家外资保险公司在东北区的业务总监，她也是这家保险公司在全球几十个分支机构里年龄最小的大区业务总监，她今年只有 23 岁。

1997 年，从一家商业中专毕业的王雨菲到现在就职的这家保险公司做起了推销员。不高的学历、一般的长相、清贫的家境，令她有些茫然，但自幼倔犟的她告诉自己一定要做出成绩来。她开始整天奔走在大街小巷，每天坚持拜访陌生人，挨家挨户地敲门，承受拒绝和冷漠。

一天，她去一家公司联系业务，看大门的年轻人朗读英语

的声音让她心机一动——一个看大门的外来打工青年如此上进求学,这种困境中的坚强让她和这个叫解铭的年轻人交谈起来。当她问解铭为什么要学习英语时,解铭告诉她:"我想,自己种一个果树总比在别人的吴树下等果子掉下来要好……"解铭那有些乡土口音的话让她很震动,她暗想:我也可以自己种果树的啊!并且,一个奇怪的念头进入她的大脑,解铭一定会成为她的客户的。可当时解铭的情况是一贫如洗,月收入300元,只是初中毕业。但她还是坚定自己的念头,她常常帮助解铭找资料,帮助解铭找新的工作机会。以至于解铭曾很感动地对她说,将来他成功了,一定要用全部家产的一半买她的保险。解铭说这话的时候,全部家产只是一个旧提包,还有一台二手的386电脑。但解铭的话让王雨菲很感动,常常会在不是很忙的时候去看望他。

在辛勤的奔波和努力中,王雨菲的业务成绩不断提升着,2000年4月,因业绩突出她被送到美国进行培训。12月,结束培训的她刚刚回到公司,就接到解铭电话。她才知道,现在的解铭已经今非昔比,因为在互联网领域的出色拼杀,他的公司在香港科技板上市了,半个月里融资500万美元,他自己占15%的股份,他的身价一下就达到了75万美元。他指定由王雨菲亲自受理他的保险,以表示他的感激和信任,共保了两种,每种98份,总保额102万元人民币,这是公司当年在大陆地区接受的最大一笔个人寿险保单。没多久,在应邀参加解铭的婚礼上,解铭网络界的朋友纷纷和王雨菲握手,说早就听说她四年如一日地支持一个数字英雄的故事,赞誉她是"数字伯乐",而且纷纷留下名片,表示随时恭候她的光临,并且都嘱咐她,去的时候不要忘记带上一份空白的保险协议书。

如果能力能够让我们跑得足够快，那我们可以快速地去挑战面前的机会，可一旦能力有限，怎样的努力都落在其他人的后面，倒不如耐心发掘身边的土地，种植自己的果树。只要汗水够了、时间够了，赢来的可能就是惊人的回报啊！

❋ 澜 涛

🌹财商小语🌹

王雨菲的眼光可真独特，慧眼识珠之后，解铭因为有了她的帮助，获得了事业上巨大的成功，而她也签到了公司当年最大的一笔人寿保单。真心付出总有回报，当你在不经意间帮助一个人，说不准哪天你会获得意外的收获呢？

（赵 航）

和总统做一笔小生意

这个人从不因听说某一目标不能实现而放弃，从不因某件事情难以办到而失去自信。

2001年5月20日，美国一位名叫乔治·赫伯特的推销员，成功地把一把斧子推销给了小布什总统。布鲁金斯学会得

知这一消息,把刻有"最伟大推销员"的一只金靴子赠与了他。这是自 1975 年该学会的一名学员成功地把一台微型录音机卖给尼克松以来,又一名学员登上了如此高的门槛。

布鲁金斯学会创建于 1927 年,以培养世界上最杰出的推销员著称于世。它有一个传统,在每期学员毕业时,设计一道最能体现推销员能力的实习题,让学员去完成。克林顿当政期间,他们出了这么一个题目:请把一条三角裤推销给现任总统。8 年间,有无数个学员为此绞尽脑汁,可是,最后都无功而返。克林顿卸任后,布鲁金斯学会把题目换成:请把一把斧子推销给小布什总统。

鉴于前 8 年的失败与教训,许多学员知难而退。个别学员甚至认为,这道毕业实习题会像克林顿当政期间一样毫无结果,因为现在的总统什么都不缺少,再说即使缺少,也用不着他亲自购买;再退一步说,即使他们亲自购买,也不一定正赶上你去推销的时候。

然而,乔治·赫伯特却做到了,并且没有花多少工夫。一位记者在采访他的时候,他是这样说的:我认为,把一把斧子推销给小布什总统是完全可能的,因为,小布什总统在得克萨斯州有一个农场,那里长着许多树。于是我给他写了一封信,说:有一次,我有幸参观您的农场,发现那里长着许多矢菊树,有些已经死掉,木质已变得松软。我想,您一定需要一把小斧头,但从您现在的体质来看,这种小斧头显然太轻,因此您仍然需要一把不甚锋利的老斧头。现在我这儿正好有一把这样的斧头,它是我祖父留给我的,很适合砍伐枯树。假若您有兴趣的话,按这封信所留的信箱,给予回复……最后他就给我汇来了 15 美元。

乔治·赫伯特成功后,布鲁金斯学会在表彰他的时候说:

金靴子奖已空置了 26 年，26 年间，布鲁金斯学会培养了数以万计的推销员，造就了数以百计的百万富翁。这只金靴子之所以没有授予他们，是因为我们一直想寻找这么一个人，这个人从不因听说某一目标不能实现而放弃，从不因某件事情难以办到而失去自信。

❋ ［美］威廉·贝纳德　张　玉/译

🌸财商小语🌸

　　生活中，我们常常会遇到这样的情况，看起来很难做到的事情，当尽力去做的时候竟然顺利地完成了。凡事皆有可能，只要找到合适的角度切入，用自信挑战目标，用行动解决问题，任何难题都能成功应付。

（赵航）

把冰箱卖到北极

沃特森的成功在于变换了思维方式：冰箱可以用来冷冻食物，也可以用来防止食物冷冻起来。

　　北极圈内，几乎长年处于严寒之中。由于那儿没有泥土和沙石，生活在那儿的因纽特人只得将冰块切割成砖来建造房屋。冰屋内的温度可以保持在零下几度到十几度，比零下

50度的屋外暖和多了。但是，屋内不能生火，否则冰屋便会融化。

如果将冰箱卖给住在北极的居民，他们能接受吗？那岂不是和向赤道居民推销取暖器一样愚蠢？可是，一位叫沃特森的美国人办到了。

旅行家沃特森曾经亲眼目睹了因纽特人的生活状态，在那里，他觉得自己仿佛置身于一个巨大的冰箱里。同行的一位朋友开玩笑说，在这个世界上，也许只有这里才不需要冰箱。沃特森想了想同伴的话，心中突然灵光一闪，他说："我看未必。"他兴奋地向朋友说，他有办法将冰箱卖到这儿。朋友哈哈大笑，说他傻得可爱。

沃特森还是按照自己的想法去做了。他先找到一位因纽特人，向他演示冰箱的另一个作用：把自己带去的啤酒和矿泉水，以及因纽特人刚刚捕获的猎物，一起放入冰箱。他将冰箱的温度调到4摄氏度。第二天，当他们打开冰箱时，那些东西都没有结冰。

因纽特人储存东西的办法很简单，就是把食物随地一丢，因为不管东西放在哪里，都不用担心食物会变坏。做饭时点燃动物的皮毛或者皮内脂肪，在屋外架起大锅，烧一锅开水来解冻。

现在，有了冰箱，就可以省略做饭前解冻食物的程序。因纽特人笑了，欣然邀请同族人一起使用冰箱。

沃特森的成功在于变换了思维方式：冰箱可以用来冷冻食物，也可以用来防止食物冷冻起来。

❋ 沈岳明

财商小语

生活在北极圈内的因纽特人竟然也在使用冰箱,不过他们使用冰箱的目的,不是为了冰冻,而是为了化冻。很多事情,很多问题,从自己的角度来理解,有时会觉得非常不可思议,但是当我们转换思维后才会发现,换一个角度来考虑问题,其实一切又是那么合理。

(赵 航)

虚掩着的门

当他从经理办公室出来时,不但没有被解雇,反而被任命为销售部经理。

一天,公司总经理叮嘱全体员工:"谁也不要走进8楼那个没挂门牌的房间。"但他没解释为什么。

在这家效益不错的公司里,员工们都习惯了服从,大家牢牢记住了领导的吩咐,谁也不去那个房间。

一个月后,公司又招聘了一批年轻人,同样的话,总经理又向新员工重复了一遍。这时,有个年轻人在

下面小声嘀咕了一句："为什么？"

总经理看了他一眼，满脸严肃地回答："不为什么。"

回到岗位上，那个年轻人的脑子里还在不停地闪现着那个神秘的房间：又不是公司部门的办公用房，也不是什么重要机密存放地，为什么要有这样的吩咐呢？年轻人想去敲门看看到底是怎么回事。

同事们纷纷劝他，冒这个险干吗？不听经理的话有什么好果子吃，这份工作来之不易呀！

小伙子来了牛脾气，执意要去看个究竟。

他轻轻地叩门，没有人应声。他随手一推，门开了，不大的房间中只有一张桌子，桌子上放着一张纸条，上面用红笔写着几个字："拿这张纸条给经理。"

小伙子很失望，但既然做了，就做到底，他拿着纸条去了总经理办公室。当他从经理办公室出来时，不但没有被解雇，反而被任命为销售部经理。

"销售是最需要创造力的工作，只有不被条条框框限制住的人才能胜任。"经理给了大家这样一个解释。到最后，那个小伙子果然也没有让经理失望。

财商小语

公司里新来的年轻人最可贵之处，是不被别人刻意设置的障碍所约束，敢于问为什么，并且大胆地去寻找答案。生活中，我们要敢于"想别人不敢想，做别人不敢做"，发挥我们的创造力，懂得怎样把握机遇，这样我们才能成功。

（赵 航）